母親屋裏的那盞燈

記　省◆著

自序

我自軍中退役之後，開始上班，公司在彰化，有一天晚上我搭火車從彰化到板橋，車子一過樹林，我忽然非常想家，下了車走到文化路上，遠遠望著我家那棵大榕樹，看見樹邊我們住的小房子的燈是亮著的，那時我家附近都是稻田，當時十分激動，回家後就寫了那一篇〈母親屋裡的那一盞燈〉。

三年前母親去逝，在母親去逝前，我很想把自己以前在報上登過的文章中選出一些，印一本小冊子，送給母親看，想不到這個想法還沒有付諸實行，母親就得了老年癡呆症，對她周遭的事，無法了解，當時我失望極了，就打消了出書的念頭，母親去逝後，我對母親的思念與日俱增，才又興起出書的念頭。

輯一的〈花子〉是我在新竹東門國小上學的時候，和一位叫花子相處的親身經歷，花子給我的感受與我從長輩們那裡所得到的想法截然不同，我非但沒有感受到花子的骯髒，討人厭，反而和花子相處倍感溫馨，那對我是一種強烈的震撼！

〈我的外祖母〉、〈晚香玉〉、〈外祖母的珠寶盒〉、〈硯台袋子〉及〈先知〉都是描寫外祖母的，這些文章多半是早期寫的，用字雖然比較幼稚，但感情卻十分真摯，我對外祖母的思念是很深的，孩童多半不容易表達自己的感情，特別是我，雖不善於表達，但內心是極需被關心的，外祖母適時的鼓勵，就像我在〈硯台袋子〉裡所寫的，給我莫大的鼓舞，帶我渡過了童年那一段昏暗的日子，在小學時期，每天下課有〈花子〉相隨，回到家裡有外祖母作伴，那真是我幼年的黃金時期，我的童年是滿了歡笑的。

〈我們之間有了秘密〉寫我在新竹東門國小唸書的時候，我和我親愛的導師相處的事，我和老師平時沒有講過話，在那一個國慶日的夜晚，我們談了許多話，我們所談的，我一輩子都忘不了，我想念我的老師，〈褪色的點名簿〉是寫我高中的導師，同樣的懷念，不一樣的心情，我和老師談心，說自己的計畫，現在老師已經過世了，重讀此文，不勝唏噓。

〈音樂盒〉是追述當年小妹極想要一個音樂盒，幾經波折才得到的經過，〈手足情深〉記我和弟弟斜躺在大床上，述說小時候為死青蛙舉行葬禮的故事，〈手錶〉寫大姐為我贖回當舖的手錶的經過，姐弟情深，不言而喻，〈鄉居〉描寫我剛結婚和妻在南部鄉下的生活，妻說那是她一生最懷念的日子。〈與孩子共度的時光真好〉是記我和孩子放風箏，爬山的甜美回憶。

輯二〈東巴樂園〉、〈小橋．流水．人家〉都是寫旅遊的感受，〈藍潭〉是寫大學唸書的生活，〈初戀〉是少年時那種單純、美麗又浪漫的回憶，〈河水依舊流〉是寫我高中的生活，我們的那個年代還不像現在這樣忙，生活較為悠閒，那是一段令人嚮往的日子。

輯三的最後一篇，也是這本小冊子的最後一篇，是一位老伯母述說她在船上的一段經歷，他說我就是那個她在船上幫過她的人，無論相貌及說話聲音都像，我當時真希奇，一個素昧平生的人給她一點幫助，會讓她如此感激，一直到她晚年還念念不忘，這位滿了感恩的老人，深深地感動了我，於是我寫下〈恩人〉。

人生由許多的偶然構成，我們怎麼知道，有一天我們不會和我們思念的人重聚呢！

Contents

母親屋裡的那盞燈

輯二　旅遊、樹木、戀

輯三　生活、省思、戲

輯一

懷舊、童年、家

花子

新竹市東門國校前迎曦橋的橋墩上，坐著一個十歲大的孩子，日頭正照著迎曦橋下的河水，孩子無精打彩地拋著手上的皮球，吃過了午飯，還有一個小時才上課，別的同學都忙著在校門口邊的一塊空地上蕩鞦韆、溜滑梯，而這個孩子或許是太內向了吧，獨個兒坐在橋墩上，皮球沿著大馬路往下滑，眼看就要滑進水溝，這時一個身影從他身邊閃過接住了往下滑的球，那人轉過身來，孩子嚇了一跳，原來那人戴了一個小丑的面具，孩子呆住了指著他。

「我戴了面具，不要怕，我不會害你的。」他從口袋裡掏出一個竹葉做的螞蚱：「這個給你。」

孩子高高興興地收起來，說了聲謝謝！教室裡鬧哄哄的，下午頭一節課是歷史課，班長說老師去生孩子了這節改為自修，自修課沒有老師學生更是亂成一團。孩子故意把螞蚱擺在桌子上，他目不轉睛地盯著螞蚱，意思是說：你們看我有螞蚱，你們都沒有。

最初別的孩子都沒有注意到，後來有一位好奇的同學問他：「這蜢蚱從那裡來的？」孩子笑了笑，並不回答，他盤算著：再等幾個同學問他，他就可以大大地顯耀一番。果然不錯，又有人問：「這蜢蚱是你的嗎？好像真的。」、「這個蜢蚱是竹葉做的！」這時孩子就把中午發生的事說了一遍，他特別強調那個人是戴著面具的。多半是為了好奇吧！孩子們相約第二天中午一同到迎曦橋外去找一找那個戴面具的人。孩子這時候得意極了，明天中午大伙兒就要聽他的了，他小心翼翼地把蜢蚱放進鉛筆盒裡。

第二天中午，孩子們吃過飯就在橋墩上坐著等，他們以為那個戴面具的人一定會出現，大伙兒充滿了希望，時間一分分過去，始終沒有看到他。

「你騙人，根本沒有什麼戴面具的人，都是你編的故事。」

「不！是真的，你們看看這竹蜢蚱就是他給我的。」孩子急了把蜢蚱拿出來，證明自己沒有撒謊。

「如果是真的，明天再帶我們去找他，要不然你就是騙人的。」

「好！我帶你們去找他。」孩子被同學們一激，只好硬著頭皮答應下來。問題是：他並不知道那個戴面具的人住在那裡又怎麼找著他呢？孩子想了想：橋下不是只有一條路嗎？他必定是從那裡出來的，順著那條路找錯不了。中午下課鈴一響孩子們飯也顧不得吃就順著迎曦橋往下走，橋下並不都是水，只不過中央有一條一尺多寬的小水流，其他的地方都是土堆，土堆上長滿了草，孩子帶著大伙兒往前走，雖然他並不確定那人住在那裡！但為了表示他並沒有騙他們，就走的特別快，「他怎麼住那麼遠！」有人在後面大叫。孩子也急了，心裡想：要是找不到，怎麼向大家解釋呢？但嘴裡卻說：「快到了，快到了，拐個彎就到了！」孩子跑久了，尿急了找著了一個絲瓜棚，正要……

忽然聽個熟悉的聲音：「你怎麼在我家門口尿尿？」孩子回過頭一看，是他，就是他─戴面具的人。

這個絲瓜棚怎麼會是他的家呢？

「快來，我找到了！」孩子生怕他又不見了連忙大叫。

「這是我的同學，他們想要看你。」

「看我，好吧！一個一個進來，不要把我的家弄塌了。」孩子這才注意到絲瓜棚旁邊有一扇木門，門上的屋頂是用幾塊木板拼湊起來的。孩子遲疑了一下，不敢進去。

那怎能算是一個家，幾塊磚頭墊成一個床，旁邊放著一個小鍋，鍋旁邊有幾個大石頭做的灶，孩子們這才知道這個人原來是個花子。

孩子們吞吞吐吐的說出他們的來歷，他們希望花子為他們做螞蚱，花子答應第二天中午做好了送給他們，他們約定中午十二點在迎曦橋見面，花子說他沒有錶不知道時間，孩子們告訴他，他們下課的時間——十二點，正是東門城憲兵站崗的人換哨的時間，很容易知道。

孩子們高高興興的走了，這孩子可神氣了，一來表示他並沒有吹牛，二來表示，是因為他，每人才可以得到一個竹蝙蚱，要不是他先有一個竹螞蚱，他們怎麼會有呢？孩子們自然也是這麼想，於是他在孩子們當中被看重了，中午孩子們不再玩蕩鞦韆及溜滑梯，一股腦跟著他往橋那邊跑。算一算有十幾個人吧！

花子早已坐在橋墩上等，口袋上、手上都是竹螞蚱，「我做了一個晚上才做完！」花子顯得很疲倦，一定是做到很晚才完成的。

「我還會做竹蜻蜓，會飛的。」孩子們一聽又嚷著要花子再做竹蜻蜓。

「竹蜻蜓不比竹螞蚱，要做很久的。」

過了幾天花子為孩子們每人都做一個竹蜻蜓。

慢慢地孩子們和花子成了朋友，花子的家，孩子們也敢進去了，對孩子們來說，以前「花子」不過是故事書上寫的事，而現在在他們眼前的是一個真正的花子，雖然他衣服破舊，臉上一年到頭戴著面具，但他會做玩具、陪他們玩，這比什麼都好。

孩子們的笑聲愈來愈多，除了竹蝸蚱、竹蜻蜓，他還會做風箏、燈籠、毽子……在孩子心目中他無所不能，只要他們想得出來的他都會做，又快又好。花子說，他除了要飯的時間，別的時間都在張羅孩子們要的玩具。

花子要飯的地方在新竹火車站不遠的地下道，他在地上擺了一個空碗，自己坐在碗旁，遇到有人來的時候，他就向過來的行人要一點零錢或吃的，路人見他戴著面具覺得好笑，有時拋一、兩毛錢到他碗裡，一點零錢、幾把米就夠他過一天了。

花子說：「我一天要的飯，夠一天吃就好了，明天再去要飯。」

孩子們問他：為什麼要戴面具，他說，以前生過一種熱病，病好了整個臉都變了，變的十分可怕，就找一個面具戴上。

孩子們又問他：爸爸、媽媽在那裡？還有什麼家人？為什麼會做花子？

花子的回答很簡單。

「不知道，我真不知道，打我記事起，我就是花子，別的什麼也不知道！」

孩子們和花子交往的事被孩子們的家長知道了，家裡的人就對孩子們說：不要和花子來往，花子髒，有病，會傳染，會死的，死之前全身會爛掉，花子的臉就是爛掉了，所以才戴面具。

孩子們起先不聽，仍然和花子親近，有的家長中午乾脆到學校裡來，一看到孩子們和花子來往就去阻止，這樣一來，孩子們和花子來往的愈來愈少，末了只剩下那孩子一個人。

冬天到了，孩子依舊獨自玩球，花子問他：「別人都走了，你為什麼不走？」

孩子說：「我是個孤兒，是舅舅把我帶大的。」

「你舅舅准你和我在一塊？」

「舅舅說人的好壞不能憑外表判斷，外表不好看的不一定是壞人。」

花子沒有說什麼，因為戴著面具，看不見他的表情。

有一天中午，花子沒有出現，孩子覺得奇怪，就跑到花子住的地方。他見花子躺在木板上一動也不動。

花子說：「我大概是病了。」

「你是不是吃了髒東西？」

「我經常都是吃髒東西啊！」

一連好幾天中午，花子都躺在床上，孩子利用中午休息的時候，把便當裡的飯留下一半給花子吃。

孩子最後一次見花子時，他和以前一樣躺在木板上，孩子叫了他幾聲，沒有回音，摸了摸他的手變硬了。

花子死了，孩子跑去告訴警察，警察帶著殯儀社的人把花子連著木板一起抬走，木板底下還剩下許多沒有完成的竹蜻蜓、燈籠。衛生所的人在花子住的地方噴了許多ＤＤＴ。

它們覺得奇怪：「這種地方怎麼能住人？」

孩子搖搖頭，孤孤單單的離開了花子的家。

………

三十五年後，我……當年的那個孩子，在我舅舅也去逝之後再回到迎曦橋，橋下已不見青草，人們把它舖成了水泥，說實在的我已經無法確知花子的家在那裡？可是我好喜歡花子做的竹蜻蜓、燈籠，我好喜歡聽花子講故事，儘管他身上那麼髒，他的面具那麼滑稽，但他的心很美，比白雪公主還美，他沒有墳墓，不知道葬在那裡，但他曾溫馨了我的童年，在我孤單的童年裡有這麼一個乞丐，本不是一件大不了的事，但他所給我的溫暖及愛，除了我的舅舅外，世界上不曾有第二人。

（原載民國七十九年三月四日新生副刊）

母親屋裡的那盞燈

車子一過橋我就知道快到家了，已經好幾個月沒回家了，不知爸媽他們現在正在做什麼？

院子裡的那棵芒果樹是不是已經結滿了芒果？我把臉貼在車廂的窗子上，玻璃窗上起了一陣白霧，我伸手把白霧擦掉，橋底下還是老樣子，記不得誰曾說過：河流是永不變的。那條河，那個橋墩我從小就喜歡。雖然現在我已不再像孩童時代那樣到河邊去挖沙子玩，但我依然喜歡像以前一樣聽橋下潺潺的流水聲，望著一直流不完的河水。

院子裡的榕樹長得好密，全家除了母親房間裡的燈還亮著，其他房間的燈都熄了，這些年來全家的燈最晚熄了的就是母親屋裡的那盞燈。

我進入母親的房間，把行李往地上一放就對母親說：「我放一些介紹我們公司的幻燈片給您看。」

燈熄了，整個屋子除了幻燈機發出微弱的光線外，一片漆黑。

母親一面看著牆壁上閃過的畫面，一面問我：「月霞還好嗎？」月霞是我的妻子，媽的大媳婦，已懷有三個月的身孕。

「很能吃。」

「能吃就是福，孩子能長的好。」

在微弱的燈光下，我陷入長思，就是我現在坐的這個椅子，十幾年前母親就坐在這裡縫毛衣，我就坐在母親身邊的桌子前寫功課，有時睏了趴在桌子上，母親就用打毛衣的棒針把我敲醒，自言自語地說：「真奇怪，玩的時候精神那麼好，一要做功課就打瞌睡。」我總是納悶：媽怎麼不會睏呢！

夏天的夜裡母親陪著我唸書，四周除了青蛙的叫聲，什麼都聽不到。

「豫泰，你們公司賣的東西可真不少！」幻燈片一張張閃過，對往事的回憶也一幕一幕地湧向心頭。

聯考到了，母親為我準備了豐富的點心，在媽房間裡吃宵夜一直是我最高興的一件事。

一眨眼三年過去了，我順利地考上高中，妹妹也就在我考上高中後的那一年出生。

我上了高中，母親本來可以鬆一口氣的，但小妹的出生使得母親又開始忙起來，晚間他扭亮了電燈為小妹換尿布、餵牛奶。

有時一連下好幾天雨，換洗的尿布還沒有乾，她就在屋子裡生了炭火，一面在火爐上烘著小妹的尿布，一面對著我說：「豫泰，不要貪玩，不要以為有了妹妹，我就不管你了，好好做功課。」

濕尿布烘過之後，發出一陣陣特殊的味道，我一面做功課一面聞烘尿布的氣味。往事歷歷在目，彷彿現在還能聞到烘尿布的氣味。

突然燈光大亮，原來幻燈片已經放完了。

我和爸媽道了晚安，離開了母親的房間。

母親房間的那盞燈熄了。

然而，那盞燈在我心中永不熄滅，我出神地注視那盞燈，突然間它大放明亮，像幾千支、幾萬支燈火照耀著青空。

（原載民國七十九年二月二十三日新生副刊）

錯過了草莓

我童年大部份的時光是和弟弟以及鄰居的孩子們一起渡過的，但有一次，只有那麼一次是母親陪著我渡過的，因為是惟一的，所以到現在還記得。

那是一個剛下過雨的下午，天邊還出現了彩虹，母親對我說：「豫泰，我帶你出去走走！」

我們住家旁邊有一個鐵路平交道，過了平交道是南瓜湖，南瓜湖邊有一個倉庫，這都是我時常去玩的地方，所以母親一說要帶我走走，我就想八成是南瓜湖，要不然就是倉庫，果然不錯，母親帶著我往南瓜湖走，一到南瓜湖我就問母親：「是不是在這裡玩？」

「不是，我們繼續往前走。」順著約瑟木場、比拉加教會繼續往前，這條路我以前沒走過。

路愈來愈窄，路邊一片竹林，風從竹林中吹來靜靜地，有點陰森，母親問我冷不冷，我搖搖頭，只是心裡有點怕，順著竹林旁的小路，我們看到一大片綠油油的山坡，山坡前有牛兒在吃草，有幾間茅屋，屋前放著一個大石磨以及牛車；陽光照著剛下過雨的草地發出陣陣青草的氣息。母親對我說：「你看山邊有許多野草莓。」

我順著母親的手勢往前看，發現草地上確有不少野草莓，母親蹲下身把草莓葉子翻開，原來葉子底下還有啊！

「你要不要摘一點回去？」母親問我。

「等一等，我們到那邊去看看吧！」我說。我心裡想別的地方也許有更大的草莓。

母親一言不發的帶著我往前走。

沿路上雖然我們也看見一些野草莓，但總沒有我們第一次看見的那麼大。

我們繼續往前走，希望能找著更大的草莓。

我們翻了好幾個小山坡，始終沒有找到一個滿意的野草莓。

不知不覺天色已晚，我們已經看不見剛才我們走過的那條路，只得從另外一條路回去。在回家的路上，我們遇見一個拉牛車的人，我和母親就坐在牛車後面的板子上。

「豫泰，千萬記住，機會一錯過就永遠不再回來，就像你這次採草莓一樣。」

我記住了母親的話，只是在我日後的生活裡，依然有多次情形像那次一樣，錯過了許多草莓！

（原載民國七十九年三月十八日新生副刊）

牛屋

囂俄曾說過：「比海大的是天，
比天大的是：『想像』。」

記得，我九歲那一年，有一天早上，上學遲了，為了怕老師責備以及同學們卑視的眼光，只好在學校附近的木廠裡徘徊……。傍晚時從樹葉的縫隙看過去，校門口人潮擁擠，已是放學的時候，當那往「光復路」去的隊伍經過我躲藏的地方時，我巧妙地跟在隊伍後面，不停地玩弄著手中的鋁製水壺，像是因為怕它掉下來，才故意走慢的；母親端坐在家門口，我從來沒有見過她那種嚴肅的面孔，原來我逃學的事被母親發現了，直到如今我還不 知道是誰把我逃學的事告訴母親，母親從我畏縮地手裡接過麻袋包做成的雨衣，開始像說故事一樣，告訴我有關我出生的事。

……

正當父親遠離家鄉，去敵後工作的時候，母親為了生活，懷著肚子，步行在鄉間的路上，

那時母親生產的日子快到了，微弱的夕陽，反照著河南鹿邑的一個農莊。母親覺得肚子直往下墜，腹中胎兒不停地跳動著。母親以豫西村姑特有的體魄和現實博鬥。在她行將倒泊於寂寞的大地之前，眼前出現了一間破舊、低窪的牛屋，那是莊主惟一的空房子。房子四周夾雜著永不變的草味；風從門縫裡刮進來，像是鋒利的刀子；模糊的眼淚，彷彿覆蓋著每一樣東西……。十二個小時，整整十二個小時，多麼漫長的時間啊！母親在極度地疼痛中，依然貪婪地吞噬著屋子裡渾濁的空氣。屋子裡除了接生婆疲憊的眼神外，母親再也看不見別的東西。

我吸進的第一口空氣，是那樣地渾濁，第一眼看見的是成堆的草垛子；當然，這一切一個剛落地的娃娃並不知道，可是我的母親都看在眼裡了。

第二天，家裡來了人，當他們看見母親平平安安地生了孩子後，便歡歡喜喜地回去報信去了。母親就一直留在牛屋裡；孩子滿月後，左鄰右舍的人都說：「這孩子生在牛屋裡，將來長大了不知道會成為什麼樣的人？」

……

二十幾年前，母親出生的時候，鄰居對外婆說：「這女孩子將來一定會帶給妳福氣的。」

母親在外婆跟前一天天長大，像任何別的女孩一樣，顯不出一丁點兒的特殊。

母親生的頭一個孩子是女的，那個時候民間重男輕女的觀念很深，母親也因為沒有生男孩子而鬱鬱寡歡，誰會知道，在外婆晚年的時候，母親卻在一個陌生的地方生了我，外婆說這是大福氣，她老人家朝夕盼望的外孫終於來了。

……

母親把我緊緊地裹在小被裡，像是包藏一張中了彩的彩票一樣。天氣漸漸晴朗，陽光消除了大地的陰霾，母親抱著坐在屋簷下，享受著冬日的陽光。過了幾天，天氣漸漸暖和了，母親穿上家人送來的棉襖，用布包著頭回到幾里路外的「傅家寨」——母親的娘家。

像來的時候一樣，母親蹣跚的走著，先前肚子裡的一塊肉，現在像水壺似的抱在懷裡了。

的確有點依依不捨，母親不時想回過頭去看看那牛屋，然而，她像是怕一回頭就變成鹽柱似的（註），始終沒有回頭。

歸途中，母親聽到了牛鳴，它來自附近的旱田，當地的農夫曾說：附近有條老牛，在荒年時迷失了它小牛，每到晌午，就對著溪水吼叫。

是有人偷了它的小牛嗎？

還是小牛自己走失了？

……

後來父親也經常跟我提到牛屋的事，看到母親枯黃的雙手，那是母親多年為兒女做牛、做馬唯一的報酬，

如今雖遠隔重山，我想將來總會有一天我能舊地重遊，踏著傍晚的落照，漫遊於牛屋附近，指著牛屋告訴別人我出生的地方。

（原載民國五十二年元四月一日政大僑生）

註：舊約聖經裡記載，當神要毀滅所多瑪和蛾摩拉時，祂告訴亞柏拉罕這即將發生的災難，亞柏拉罕告訴他的侄兒羅得，當災難來到之前，羅得和他的妻子已逃出所多瑪，然而，羅得的妻子想看一看那大火焚城的情形，不料一回頭，她竟因為她的好奇而變成了一根鹽柱。

大母雞

小時後我淘氣不用功，有一天母親罰我跪在院子裡，對我說：「人家的孩子雖然頑皮，總還有些別的長處，不像你除了頑皮，別的什麼都不會。」接著她就說一個故事，有一個孩子惹他母親生氣，母親責罰他，要他跪在地上，他雙手捧著一張剛畫好的大母雞對母親說：「請母親不要生氣，這隻大母雞送給妳。」母親說這個故事，意思是說，那個孩子還會畫大母雞來安慰母親，你拿什麼給我？

上了中學，有一年夏天我和弟弟約了鄰居的孩子一起露營，營地離我們住的地方有一段距離，必須搭車，母親當時手頭已沒有多餘的錢給我們買車票，因著我們是軍眷，吃的米都由公家配給，母親就拿出領米的米條賣給隔壁的鄰居湊一點錢，給我和弟弟做路費，我和弟弟為著能好好玩一場高興的跳起來，一點也未體會出母親疼兒女的心。

我大學畢業找工作到處碰壁，心情十分惡劣，就攤開稿紙想寫一點東西發洩發洩，母親見我難過就說：「你好好寫，寫好了我幫你謄寫，謄好了再寄給報社。」雖然母親只有初中畢業，但字跡非常娟秀，她俯在桌子上一絲不苟地寫，遇到潦草的字，她看不清楚，就歪過頭來問我，一直到後來我找著工作去上班，母親才停下來不再為我謄稿。

另外還有兩件事，在河南外婆家的河邊，我不小心掉到水裡，水很深，眼看我就要滅頂，母親雖不會游泳，但一看見我掉下水，一時心急就跟著往下跳要救我，後來還是家裡的長工把我們母子救上岸；還有一次，我生病住羅東聖母醫院，昏迷不醒，母親跪在我的床前為我向神禱告；這些事都是後來別人告訴我的，當時聽了並不覺得怎樣，隨著年齡的增長才慢慢體會出母親的心腸。

母親為我做的都已經做了，什麼是我能夠送給母親的「大母雞」，有什麼東西可以送給她讓她歡喜呢！

（原載民國七十九年四月一日台灣副刊）

二舅

二舅是大姊和我最懷念的長輩之一，雖然他已去逝多年，但他就像我許多離開世上的親人一樣，常常使我想起他，好像到如今他還活著似地。

那年，大姊得了傷寒住在醫院裡，二舅每天下午下了班就騎著自行車到醫院去給大姊送吃的；傷寒病發高燒，二舅就給她買了個冰枕，冰枕是圓形的上面印了一個小兔子，十分可愛。大姊病床的隔壁也住了一個小女孩，也發高燒，她的家人也給她買了個冰枕，她的冰枕是方形的上面沒有什麼圖案，有一天這個病床的小女孩嚷著要用她的冰枕換大姊的冰枕，大姊不肯，她也很喜歡冰枕上的小兔子，這時二舅進來連哄帶騙地對大姊說：「世界上還有許多好東西，我們就把這個冰枕和她換換好了，妳看她哭得那麼厲害，她一定很想要，等妳病好了二舅帶妳去頭前溪玩好不好？」

大姊聽見二舅說要帶她去玩，就不再堅持要她自己的冰枕了；等大姊病好出院，二舅果然實踐了他的承諾，騎著自行車載著大姊好好地去頭前溪玩了玩。

從我們住的地方到學校必須經過一個地下道，地下道旁邊經常有一位瞎了眼的乞丐，坐在那裡等著過路的人施捨；頑皮的孩子有時會把小石子扔到乞丐的碗裡；有一天二舅送我上學經過這個地下道，看到幾個頑皮的孩子正要扔石子，他一個箭步衝向前去，抓住一個領頭的孩子，對他說：「不要欺負窮人！」說完了之後，他又走到我身邊，對我說：「記住，永遠不要欺負窮人！」他說話的神情是那麼嚴肅，我甚至以為如果我不照他的話做，他可能會把我掐死。

據外祖父說，二舅小時候在家中游手好閒，仗著家中有些積蓄，平日無所事事，二十歲那一年他離家出走，一去十年，十年後再回家，竟然判若兩人，除了對家人特別照顧外，他變得十分沉默寡言；在外面的那十年間，二舅到底遭遇了什麼事？是不是受了貧窮之苦？他從來不提，因此沒有人知道。

我逐漸長大，由孩童長成了大人，兒時經過的地下道依然在那兒，只是不再看見那個瞎了眼的乞丐，但二舅的教誨，我將永生不忘。

（原載民國八十年十一月四日新生副刊）

好日子我們也過過

我從來沒有見過一個像我外祖父那樣樂觀的人。

那年我們剛從大陸到台灣，身邊帶來的盤纏用得差不多了，一家七口坐在新竹光復路平交道旁倉庫邊的屋簷下，大家愁容滿面深感前途茫茫；惟獨外祖父坐在路邊的一塊大石頭上滿懷信心的說：「好日子我們也過過了，現在苦一點算不了什麼，總會過去的。」

外祖父口中的好日子是指從前在大陸的時候，那時有寬敞的房子，家裡有長工、丫鬟，羊圈裡養著羊，牛棚裡餵著牛，地裡種著五穀雜糧，不愁吃，不愁穿的那段美好時光。比起以前，現在確實苦多了；然而從外祖父的臉上絲毫看不出被環境壓迫的憂愁。

平交道旁倉庫與倉庫之間有一條十尺多寬的走廊，外祖父帶著我們把兩張床單當做幔子從走廊上的橫樑上垂下來，又用稻草舖在走廊上當床。儘管生活那麼苦，外祖父一大早就帶著我和弟弟到倉庫附近的湖邊打水漂，彷彿貧苦的生活根本不曾發生。一直到兩個月後父親有了固定的收入，生活才稍微改善。

外祖父手裡一有錢，第一件想到的事就是泡澡堂，他常說天底下沒有比泡澡堂更舒服的事。每一次泡澡堂他都帶我去，澡堂裡人多，只要他一進澡堂，澡堂的人就喊：「老太爺來了！老太爺來了！」平常清靜的澡堂因著他變成熱鬧的市場。外祖父一進門就忙著和澡堂的人打招呼，洗完澡他又要澡堂的人幫他搥背、捏腳及修指甲，好像要把手邊的錢花光似的。我陪他洗完澡往長椅子一躺很快就睡著了。一直到晚上華燈初上，他才叫醒我一塊回家吃飯。

有一次我患重感冒躺在床上，一向好動的我，混身上下都不自在。我向家裡每一個人抱怨，他們也不知道怎樣安慰我，這時候，外祖父走過來，望著我大叫：「好極了，你從來沒有這樣好過！」

我覺得十分詫異，家裡的人也感覺莫名其妙！

外祖父走近我的床前，用一種低得只有我才能聽得到的聲音說：「至少，你媽不會再逼你做功課了。」

可不是！我怎麼沒有想到。

聽外祖父這麼一說，我陰霾的心情頓然開朗，歡笑湧上心頭。

他晚年得了中風，半身不遂，不能像以前一樣到澡堂去洗澡，就叫我用熱毛巾幫他擦背。

「用力一點，你看人家澡堂擦背多用力！」

我心裡嘟囔著：人家是專門擦背的，我怎能跟他們比？等我為外祖父擦完背早已累得滿頭大汗，而他不知道在什麼時候竟睡著了！

他快離開世上的那一年特別喜歡吃肥肉，他對我們說：「肥肉是世界上最好吃的東西。」然而，對於一個已經九十二歲，又患高血壓、半身不遂的人，是絕對不應該多吃肥肉的。

他含笑地離開我們，神態非常安祥，嘴角微微動著，好像埋怨我們不讓他多吃肥肉，畢竟這件事我們沒有讓他如願。

（原載民國八十年一月六日台灣副刊）

爺爺

我從來沒有見過我的爺爺，我小時候爺爺就去世了，父親常說爺爺平時除了在書房裡唸書外，那裡都不去，他平時不愛說話，有時一天聽不到爺爺說一句話；但是父親不止一次告訴我，平時連大門都不曾出去的爺爺，有一次為了要探視在東北工作的父親，竟然獨自一人沿途要飯到東北去。

「孩子，你爺爺為了要看我，冬天下著大雪，他自己一個人從老遠的家鄉趕來，盤纏用光了，他竟一路要飯到東北！」父親經常提起這段往事，每次說的時候，都顯出他對爺爺無限地追思和懷念。

「我的童年享受了無盡的父愛，所以我能打心底愛我的孫子。」父親自己當了爺爺時也經常對我說。

每當孩子一哭，妻正忙著做家事，父親就把床上的孩子抱起來說：「又是我們散步的時候了！」說著說著就抱起孩子往巷子裡走；甚至下雨天父親撐著傘，也要抱著孩子在雨中散步。

夏天天氣熱，我們怕孩子屁股上長濕疹，就不給孩子包尿布，孩子站在父親的膝蓋上玩著玩著就尿了起來，我們怕尿濕了父親的褲子，就要把孩子接過來。

父親說：「不要急，等他尿完了再說，不要嚇壞了孩子！」

父親整條褲子都濕了，他望著尿濕的褲子，臉上卻顯出無限的滿足，彷彿這些尿是天上的甘霖；他還不停地說：「孩子的尿不騷！孩子的尿不騷！」

父親愛吃番薯，冬天到了，只要賣番薯來到大樹下，他就買個番薯，自己吃一口，餵孩子吃一口。

孩子漸漸長大，有時我們問他們，小時候最記得的事情是什麼，他們都會異口同聲地說，爺爺餵他們吃番薯的往事，其他的事情，都記不起來了。

一直到現在，我還是不知道，是什麼力量使像爺爺那樣斯文的書生，在下大雪的天氣，為了看兒子竟然沿途要飯到東北去？是什麼力量使父親在下雨天，整個下午打著傘抱著孩子在雨中散步？

是不是要等到我自己做了爺爺的那一天才能體會！

（原載民國八十一年四月二十三日台灣副刊）

我的外祖母

每逢我想到我的外祖母，心裡就像是被一個小蟲螫了一下似地，隱隱作痛。

外祖母是江蘇清江人，她的老家開了一個大醬園，老遠的人都能看到醬園牆上的大字，大約有七、八尺高吧。幼年時她的生活是很美滿的，家裡生意鼎盛，她有許多兄姊弟妹，家裡的人也很疼愛她，四、五歲的時候父母為她做了許多手飾、耳環，雖然江南的風氣如此，但外祖母所穿戴總比她的兄姊弟妹們要好。

清末宣統年間，她十六歲，開始她最悲哀的日子，我的外祖父從河南到江蘇辦事，那時他位居顯要，到了江蘇達官貴人到處歡宴，有一次在李家的大廳裡，外祖父第一次遇見外祖母，據母親說外祖母年青的時候頗具姿色，即使到了中年，她細嫩的皮膚就連十七、八歲的大姑娘都比不上，雖然我初次見外祖母，已是她晚年的時候，她臉上已有了皺紋，然而昔日美麗的輪廓依稀可尋。在當時的社會，兒女的婚姻由父母決定，我的外祖父已年近四十，這樣的婚姻自然是外祖母不情願的，然而外祖母連為自己說話的機會都沒有，就這樣出嫁了。臨上轎的時候，她流著淚對那些從小看著她長大的親人說：「我出去了，再也不回來。」後來她果然做到了。

外祖母離開江蘇遠適河南，地理上的差異就足以折磨她的了，再加上我的外祖父是白手起家，吃過許多苦，等到他事業稍有成就，雙親相繼去逝，使得偌大的一個院子顯得格外冷清，外祖父婚後不久就離開家到外面做事，留下外祖母獨自一人，那種孤單與寂寞是可想而知的。

院子當中有一棵大棗樹，有時屋前飛來了麻雀，外祖母就拿起一把米撒在地上，靜靜地躲在牆角，眼看著麻雀把地上的小米一粒一粒吃盡，然後再悄悄地跨進門限，掩上門。……

我母親小時候和鄰居的孩子在院子裡大棗樹下拍皮球，有時球從窗子飛進外祖母的臥室，她踮著腳到外祖母的房間拿球時，常看見外祖母獨自一人坐在窗前，暗自流淚，不住用手絹抹著紅紅的眼睛，家裡的孩子最怕看到她那時的樣子。

外祖母的臥室旁邊隔著一段廊子就是大廳，平時無事的時候，傭人們就聚在那裡說笑聊天，外祖母有時經過大廳，要到院子走走，她們只要聽見外祖母的腳步聲，就止住笑，像遇見初冬的風暴似地，外祖父家裡用了許多人，有擀麵的、有做飯的、有劈柴的、有養牲口的、有洗衣服，圈裡也養了牛、馬，院子後面還有果園、菜園；吃的、穿的可以說是應有盡有；然而這一切都引不起她的興趣，我的舅舅常聽到，東邊的廂房傳來外祖母低低的哭聲。

外祖母一向不愛說話，這個脾氣就是到了晚年，我親自見她的時候還是這樣，外祖母起先生了兩個男孩，後來又生了兩個女孩，孩子一落地就交給奶媽，餵奶、洗澡她一概不操心，所以母親對奶媽的印象比對外祖母還深；家裡的傭人有事情找她，她連是不是，對不對都不願說，她一起床，就有人打了一盆洗臉水放在床前，整個上午她就坐在鏡子前梳洗。母親每提到這件事，就說老人是多麼愛乾淨。我每想到老人對鏡梳頭，默默無語的神情，就像親眼見過一樣，悲從心來，不能自已，一個年青女子在那種悽涼的環境裡是多麼寂寞、孤單啊！

這些事都是長輩們講給我聽的，所以在我還沒有見到外祖母以前，她在我的腦海裡是一位既古怪又神秘的老人。我七歲那一年，母親把外祖母接過來，那是我第一次見她，她頭髮已經白了，走路很慢，眼皮鬆鬆地蓋著一雙茫茫的眼睛，她一進門就拉住我的手說：「孩子，過來，我瞧瞧。」

我把手縮回後退了幾步，眼睛不停地注視著老人頭上的白髮，一堆雪白的頭髮配上她那蒼白、鬆弛的臉孔顯得分外可怕，就指著她的頭髮說：「好白！」

她忽然哈哈大笑，我嚇的緊閉著眼往母親的懷裡鑽。

過了些日子，我慢慢覺得外祖母並不像我想的那樣可怕，就喜歡和她親近，她臉上也漸漸露出笑容，像是一座積年的冰山開始慢慢溶化。

她常常告訴我她的童年往事，如何在草地上鬥蟋蟀，在大樹下捉迷藏、踢毽子，有一次她講到她小時候玩新娘出嫁的遊戲，忽然臉上泛起了一朵紅霞，像是雪地裡初起的陽光；那時的外祖母看起來像十幾歲的大姑娘似的，那樣地美麗、年青，雖然她已經六十五歲了，但我從來沒有見過一個老年人像小孩子那樣紅著臉，嬌滴滴的樣子，她那一種特有的表情我到現在還記得。

外祖母來我們家的第二年，她以往冷漠寡歡的情形一掃而空，她在我的心目中完全成了另一個人，歡笑、愉快又天真，她常帶著我站在屋簷下，看院子裡下雨時滴成的小水窩，述說江南梅雨初起時的情景，說她小時候在水窩裡玩的情形，她最喜歡叫我把盆子裡的水潑到牆上，然後指著牆上被水潤溼成的圖案對我說：「你看那是馬，那是牛，那不是一隻猴子嗎？」

起初我看不出什麼，經她一說再看，果然像極了，有時她指著牆上的水印問我那像什麼？我如果說對了，她就講故事給我聽，她講的每一個故事，我都百聽不厭，光是月娘娘的故事，她就講過十幾個，每個都像是真有那回事似的。

又過了三年，我十一歲，她得了半身不遂的病，神經也失常了，連大、小便在床上都不知道，她年青的時候，那樣愛乾淨，晚年卻得了這種病，這是誰也沒有想到的，那一年她過逝了，死的時候，臉上的皺紋散了，原本有些紅潤的臉，受疾病的折磨，早已變得如同白紙一般，有人說，她那時的模樣很像她年青出嫁的時候。

………

我聽人說過許多舊時婚姻的悲劇，外祖母就是其中之一；然而她卻在飽受了創痛之後，到了晚年還能鼓起生命的餘暉，把那麼多的愛給我，好像她從來沒有受過苦似的，我年紀稍大以後便覺得這不是一件容易的事！世上受過苦的人有許多，一生不如意的人也不少，但能在自己受了痛苦以後，卻能忍住自己的悲哀，把喜樂分給別人的，外祖母是第一人。

（原載民國六十二年元月二十六日新生副刊）

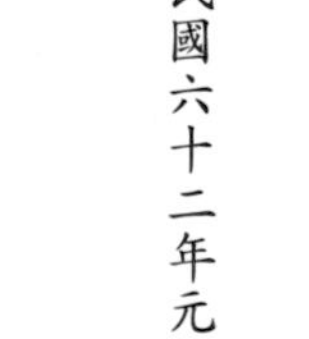

晚香玉

晚香玉就是夜來香又名月下香。

我小時候第一次看見晚香玉，稀奇這種小小的白花，為什麼白天沒有香氣，到了晚上才發出香氣，就去問外婆。

外婆說：「這花的名字就要叫晚香玉，非到晚上是不發香氣的。」

外婆喜歡晚香玉，經常都在我的書桌上擺著一瓶晚香玉，她清早起來為晚香玉換換水，再把謝了的晚香玉剪掉換上新的。

到了晚上，外婆就坐在我身旁陪我溫習功課，因為功課多經常溫習到深夜，累了，我就向她撒驕：「姥姥，我真不喜歡唸書。」每一次我這麼說，她總是笑著告訴我：「不唸書怎麼行，人總是要上進啊！」

外婆生長在富裕的家庭，家裡不愁吃，不愁穿生活起居都有人照料，然而她每天一大早就起床料理家事從來沒有停過，再加上她天生愛乾淨，她把住的地方、用過的東西都整理的一塵不染，即使後來因戰爭的緣故，生活十分艱苦，每天晚上我們吃的菜只有空心菜、豆芽與以前的錦衣玉食完全不同，外婆對生活的艱苦從來沒有說過一句抱怨的話，她仍然像以前一樣，一大清早就起來整理房間，身上永遠穿著乾淨的衣服，家裡的人身上穿的每一件衣服，她都親手摺好，弄得平平整整的，對她來說世界從來都沒有變過。

我十一歲那一年，外婆得了重病，二舅接她到竹東去養病，不久就去世了。

外婆離開後，我的書桌上不再有晚香玉，外婆自己卻像一棵永遠不謝的晚香玉，在漫漫的長夜告訴我：

「人總是要上進的！」

（原載民國八十一年二月十二日台灣副刊）

外祖母的珠寶盒

外祖母去世的前幾年，有好幾個晚上，她在自己的房間裡，關上門不准別人去打擾她，有一天她打開房門，拿著一個木製的珠寶盒當著母親的面對我說：「豫泰，這是外婆送給你的，裡面是一些首飾，你還小，就交給你媽保管，記住，非到必要的時候，不要打開。」她一再叮嚀，非到山窮水盡的時候不要打開盒子。那年我才九歲。

她說這話的時候好像自己知道在地上年歲不多了，果然過不多久她就去世了，母親失去了慈母，我失去了疼愛我的外婆，對我們兩人都是一個很重的打擊。

我們的生活一向只靠父親的軍餉度日，實在艱苦，有一年真的快撐不下去了；母親把手上唯一剩下的戒指賣了，買了一些綠豆和水缸開始賣起豆芽來，夜裡舅舅和母親把綠豆放進水缸，缸底下打了洞，水從上面澆下來，綠豆遇水開始發芽，那一段日子我們就靠賣豆芽補貼家用。

賣豆芽存了一些錢，本來預備給我和弟弟繳學費的，但是外祖父又把這筆錢借給了別人，對方說好一個月要還，誰知道三個月都過去了還沒有還。母親對我說：

「你爸爸不在家，你是長子，你去要債吧！」

當時父親在金門，欠我們錢的人住在永和，我搭公路局汽車到永和，對方很客氣引我到客廳，讓我坐在客廳的沙發上，一坐就是幾個小時，最後他遞給我五十元。

「我只有這麼多錢了，先還給你五十元。」

我拿五十元回家當然這些錢不夠我們繳學費。

「豫泰，」母親說：「我看，我們需要打開外婆的珠寶盒了。」

母親把珠寶盒打開，只見裡面放著一對耳環、兩片金葉子以及一對手鐲，手鐲底下有一張紙條，上面寫著：

「孩子，你們打開這盒子的時候，我已經不在世上了，我心裡很難過，我跟著你們一塊逃難，從上海到廣州，再從廣州到台灣，一路上吃足了苦頭，從今已後我再也不能和你們一同受苦了，這盒子裡面放的是我年輕時期用的一些首飾，現在留給你們，這是現在我僅有的東西，對於我來說，這些東西都沒有用了，但是你們可以把他賣了換一點錢貼補一下，人活著總是要有希望。」

母親這時早已熱淚滿盈，他喃喃地唸著：

人活著總是要有希望！人活著總是要有希望！

（原載民國七十九年五月二十八日台灣副刊）

硯台袋子

我書桌右邊的抽屜裡放著一個黑色的硯台袋子，袋子是手工縫製的，十分精緻，袋口用一條黑色的絨線穿著；每當我整理抽屜時，許多用不著的東西都丟了，惟獨這個硯台袋子，我始終捨不得丟掉，反而因為歲月的增加更加添了我對它的喜愛。

這個袋子是三十五年前，外婆親手縫的。

那時我正上小學，學校裡安排了書法課，每個星期有一節課，上課的時候，老師把一張雪白的宣紙貼在黑板上，然後用一枝奇大無比的毛筆在宣紙上一筆一筆地教我們寫字，一節課一下子就過去了，接著老師安排每週的家庭作業：兩張大楷、一張小楷。

晚上寫毛筆字的時候，母親就坐在我身旁，看了我寫的字就說：「歪七扭八的，重寫！」

「連筆都不會拿，還能寫什麼好字！」她又說。

於是每寫一張毛筆字，總要折騰到三更半夜。

我寫字的時候，除了母親之外，有時外祖父和父親也會在旁邊指點。他們說：「手臂要懸空，手不能放在紙上。」、「腰要挺直，字才能寫好！」。

本來寫字已使我苦不堪言，再加上母親、外祖父和父親的規定，我心中的痛苦可想而知。

那年過年，我毛筆字沒寫好，母親罰我寫好字才能吃飯。

這時外婆端著針線盒子走到我的屋裡：「孩子，要爭氣啊！我現在縫一個的硯台袋子給你，好讓你裝硯台，以後你看到這個硯台袋子，就要想起外婆的話，不要灰心，你一定行！」

「外婆您先去吃飯吧！」外婆沒有吃飯，我有點過意不去。

「不，我等你，你不吃，外婆吃不下去！」我揉著含淚的雙眼，撲向外婆的懷裡。

打那一天起，我暗暗立定志向，一定要把字練好，只是我沒有把志向說出來。

我仍和以前一樣，上課下課，外面看來，絲毫沒有改變，惟一不同的，我開始對書法特別用心，老師在黑板的宣紙上寫的一筆一劃，老師寫字的神情、動作我都一一牢記在心，回家後我揣摩著用筆的要領，慢慢地學習，一年又一年，日子在不知不覺間過去，我的書法好像也沒有多大進步。

直到高中二年級那一年學校舉辦書法比賽，要把優勝的選出來參加全省書法比賽；我把平時在家中寫的一張中楷交了上去，想不到竟然入選；當時心中的喜悅真無法形容。

望著壁上掛的自己的作品，我深知這不過是一個小小的起頭，耳邊又響起外婆的叮嚀：

「不要灰心，你一定行！」

（原載民國七十八年四月號台塑企業雜誌）

先知

古時的猶太人每當國家有大事的時候，總有先知出來提醒老百姓，人們遇到了困難也會到先知那裡去求問。我的外祖母像極了猶太人的先知，至少在我們家裡她說過的話沒有一次不應驗的。

早在我還沒有出生之前，外祖母「先知」的本事，就為家人津津樂道；據母親說，她小時候家境很好，她吃完飯後總是把剩下的飯任意倒掉，外祖母看了就說：「妳這樣糟蹋糧食，總有一天沒飯吃！」她說的很肯定，想不到過了幾年家鄉盜匪作亂，全家人流落他鄉，沿路向人討飯，果真應驗了外祖母的話。

我自己親身的体驗是，七歲那一年，我們全家人為了逃避戰亂，躲在舊居的地下室裡，炸彈在地下室四周爆炸，地下室被炸的幾乎要塌下來，地下室木柱子上的木材，因為年代久了早已腐朽，只要輕輕一揭就可拿下一片木片，大家都驚怕不已，惟獨外祖母沉著地對大家說：「苦難一定會過去的。」

後來炮火停了，我們從地下室出來，看見滿街躺著死傷的老百姓，甚至有的人雙腳已被炸彈炸掉，躺在路邊唉號，真是淒慘，城門上的敵軍不時向逃難的人潮開槍，外祖母依舊在我們身邊說著那一句話：苦難一定會過去的。我們隨著逃難的人群往南逃，情形並未好轉，戰爭一直在持續著，我們開始懷疑外祖母說的苦難是否真的能過去。逃難的時候，我們曾被敵人抓起來關了好幾天，沿途吃不好睡不好，到了廣州還是以地瓜稀飯度日，苦難真的會過去嗎？一直到我們在高雄上了岸，聽不見炮火的聲音，一家人安定下來，我們才體驗到苦難過去了。

十歲那一年我交了一位好朋友，他家就住在我們家附近，他是我同班同學，每天除了上課在一塊外，其他的時間我們也經常在一起，母親看我們處的很好，自然很高興，惟獨外祖母看了經常會說：他們會分開的；我當時和這位同學處得極好，自然不介意外祖母的話，心裡說，這一回你一定弄錯了，我們那麼要好怎麼可能分手呢？

兩年後，我和這位好朋友因著意見不合終告分手，我去問外祖母，她怎麼會預知我們會分手，她起先不肯說，被我問急了，她只說一句話，別的再也不肯多說，她說：君子之交淡如水啊！

像許多年青人一樣，我開始談戀愛，戀愛的滋味有甜有苦，我一直為著將來我是不是會和這位女朋友在一起而困擾，這時我想起外祖母來，當時她已八十高齡，住在山上舅舅家裡，我專程到山上向她求問。

外祖母帶我走過一條小河，河中有幾條小魚在水中游著，她用拐杖指著其中一條拼命往上游去的小魚對我說：「你就像這條小魚，痛苦是免不了的。」

我追問她，我和我的女朋友將來會不會生活在一起；她就是不說，三天之後我要下山，外祖母包了一紙袋包子送給我，讓我在車上吃。

在路邊我又問她，我和我的女朋友的事。

「孩子，是你的怎麼也跑不掉，不是你的你要留也留不住。」

「外婆，這是答案嗎？」

一直到外婆送我上車，她不曾再說第二句話，從她的臉上我看得出，她本來連那句話都不願意說的，只是為著不讓我——她的外孫，過分失望她才不得不說了出來。

「外婆，我了解。」我知道逼老人家講她不願意說的話，太殘忍了，就說。

因著我經常聽外祖母講些「苦難總會過去啊！」「是你的跑不掉！」之類的話，當我年紀稍長，有人問我一些問題，我也試著學外祖母的口吻，對他們說一些這類的話，雖然同樣一句話，我說起來總覺得不對勁，好像少了些什麼，畢竟我不是先知啊！

（原載民國八十一年十二月二日台灣副刊）

茵茵

縱使是一個大男生，在隔了許多日子以後，要說起埋在心裡的一個小秘密，也難免有點靦腆的。

在唸中學的時候，非到考試，我是不肯安下心好好唸書的，自己也覺得不好，只是改不了。有一天學校剛考完試不久，我突發奇想：如果我每天都能像考試前那幾天一樣用功，就不用開夜車，成績怎會不好呢？既有了這個想法，就決定考完試就開始做功課，無論如何要好好看點書。

那是個星期天，我挾著書本到學校，滿以為整個學校只有我一個人，誰知教室的門已經打開，已經有人比我先到學校了，那個人就是茵茵。

「妳怎麼也來了？」

「我每個禮拜天都來的。」

「不考試的時候也來嗎？」

「是的。」

她，在學校的成績中等，但她有一個特長——會唱歌，音樂老師常誇她的歌喉好，並且說，有的人唱歌用假音可以唱得很高的音，茵茵不用假音唱得比她們還好，我不懂音樂，只覺得她的歌聲很尖，她唱歌時不需要常換氣。

記得我第一次遇見她時曾端詳了許久，那時她正低頭寫功課，我偏過頭斷斷續續地看了個真切，她是瓜子臉，眼睛不十分明亮，皮膚有一點黑，鼻子比較小，不知道是鼻子還是眼睛的位置，或是皮膚的顏色，影響了她整個儀容。我的結論是：她並不美，不過她有一股氣質非常吸引人，那就是——沉默，雖不太說話，但並不會使人覺得她孤僻，相反地，她非常有人緣。

不知道為什麼？我忽然想起了嚴華與周璇的事，老師曾說過：在上海時，她住在周璇家隔壁，周璇的樣子是小個子、黑皮膚；嚴華娶了周璇之後，夫妻倆夫唱婦隨，好不愜意。我想：茵茵不正像當時的周璇嗎？小個子、黑皮膚、會唱歌，那我為什麼不也學學音樂，作個「嚴華」呢？

這個想法使我整個人都改變了，我開始非常注意音樂，特別是聽與唱；本來我是不太唱歌的，音樂老師教我們唱歌時口要張大，以前每次唱歌時我口張得可不小，不過聲音不大，有時我甚至藉機會打個哈欠。現在不同了，不但上課時用心學，每天早上起來，跑到河邊，對著河水大唱起來，兩隻手放在小腹上，真像是那麼一回事。每天早上歌練好了沒有，不太清楚，但有一件事是真的，喝飽了一肚子的涼氣——是清晨的涼風所惠予的，我好像真要成為音樂家不行了。

有一次上音樂課，老師說：「現在，我點名點到誰，誰就起來唱一段自己最拿手的。」幾個同學都被點到了，不久老師也點到了我，我就揀了一段最常練的歌，但平常練的時候，既不是C調也不是G調，是自己的調子，那天老師彈的是A調，起初我還可以跟著琴音唱，後來琴音越來越高，我唱不下去，急得我滿臉通紅，還好老師的琴聲也停了。

接著老師要同學們提名唱得好的同學，說是要組成合唱團，於是唱得好的一個一個被提出來了。

老師忽然說：「那一位同學，你們怎麼不提？」

大家順著老師的手勢，「天啊！」我心裡大叫。

因為老師的手正指著我，這是天大的意外，憑我這點「本領」也配嗎？我環顧四周，還好，同學們並沒有注視我。令我不解的是，竟有一位同學附和老師的話說：「嗯，他唱得很好！」

雖然事後，連爸爸、媽媽都不信我被選入合唱團，他們都以為老師偏心，事實上我確已進入合唱團，不但表演過，還錄了唱片，當然我是指整個合唱團共同錄的。

我不僅學唱，也學聽，我常到一位同學家去聽唱片，為了訓練我聽的能力，特別請那位同學幫忙；他耳朵很靈，什麼巴哈、貝多芬……他都能聽出來，而我只能分辨出田園及命運交響曲。雖然這樣，我的同學不厭其煩地為我解說，還說：「難得有一個知音！」言下之意，我頗堪造就，我學習看五線譜，學習記住一些符號，讀一些音樂家的傳記。

我這樣辛苦了將近一年，當然學校的功課也還是顧到了，我認為小有成就，於是考慮如何將心中的秘密告訴茵茵，再告訴爸爸、媽媽。

那時學校裡也有幾位男同學在追女同學，他們的方式很簡單，寫張紙條塞進女同學的桌子裡，若是紙條一去不回，就改採「釘哨」的方法，從早跟到晚，除了上課以外，女同學走到那裡他們就跟到那裡。

我認為，這些方法都不好。我必須別緻一點，不要學別人，我決定一開始就對茵茵說：「你會唱歌，我會作曲（我是指將來我學通了音樂以後），我們可以生活得很美滿。」

我選定了一個約會的地點—學校圍牆外靠河邊的那一棵大榕樹，那裡風景優美：有小橋、琉璃瓦、小溪，約會的時間訂在傍晚，最好是有晚霞的時候，我想這些美麗的景色，一定會感動她。我還想那一天我要穿一條新褲子，頭髮上要擦一點水，千萬不要抹油，聽說女生最討厭男孩子頭髮上髮油的氣味，頭髮要梳得藝術一點。

一切都想好了，我就等著那一天，我決定在畢業典禮前夕，同學們分別在即，誰也不會管別人的閒事，我可以平平靜靜地進行我的計劃。

盼望著，盼望著，約會的日子要到了，約會的前一天，我躺在床上睡不著。

第二天，我起得很早，穿上簇新的衣服。

「不是明天才畢業典禮嗎？」同學一見我穿新衣，就問我。

茵茵的座位空著。鄰坐的同學說，她感冒，今天不來上課了。

「她怎麼可以在這個時候生病呢？」我喃喃自語。一切計劃都泡湯了。

畢業典禮那天她來了，我把畢業留言冊遞給她，請她寫點臨別贈言。

她在留言冊上寫著：「短短的三年，我們純真的友誼，願——永不忘記。」

窗前，那瘦小的身影，漸漸模糊，然而，茵茵的種種湧向心頭，彷彿昨日。

（原載民國七十一年十月號台塑企業雜誌）

父親

父親今年八十一歲了，我唸小學的時候，有一天上作文課，老師出的作文題目就是「父親」，當時我把父親寫成一個既嚴厲又可畏的人，老師看了把我叫到他跟前問我，你的父親真那麼嚴厲嗎？在我的印象中父親臉上很少有笑容，再加上他那兩道既粗又密的眉毛，使我自小時候就不敢親近他，這種印象一直到我大學畢業開始在社會上做事都不曾改變，直到有一天父親來到我住的地方和我面對面坐著的時候，我才發現原來父親也有他體貼溫柔的一面。

那時我感情上受了打擊，心裡非常難過，一個人關在房子裡，不知道該怎麼辦、父親知道了就到我住的地方來找我，他坐在我對面久久不說一句話。

我看著父親的臉，知道他想說一些安慰我的話，但似乎找不著合適的話，只好靜靜地坐著。

「那麼大了，睡覺起來也不知道把棉被摺好！」

最後他好不容易擠出來這麼一句話，總算打破了我們之間的沉默，我開始告訴父親我是多麼喜歡那個女孩，那個女孩有多麼好！父親聽了就說，去找她啊！我說，人家不願意再見我；大約半個多鐘頭，我不停地說：「那個女孩真好！」父親就說：「為什麼不去找她！」我們父子間的談話總離不開這些。

最後父親站起來：「走！我們一塊去找她！」

「不好吧？」

「有什麼不好，總要面對現實啊！」

我住在民生西路，那女孩住在仁愛路，那時天正熱，一出門我就要求父親搭計程車，父親說他喜歡走路，堅持不肯搭車。

父親一面走一面對我說：「人生沒有什麼大不了的事，你看過我的手臂沒有？當年對日戰爭被炮彈擊傷，那時醫藥缺乏，我昏死了三天才醒過來，到現在兩隻手臂還是一個長，一個短，可是我現在不也活得好好的嗎？」沿途上他又說他曾被馬踩死過、被日本兵圍困過，也曾好幾天沒有飯吃……他說這些話無非是想告訴我，他曾經歷了那麼多苦難，最後還是站了起來，我感情受創雖然難受，一定能度過困境的。

「怕風浪的船，不能到達人生的彼岸。」父親還說。這句話是他經常告誡我們的，他曾經用毛筆寫在宣紙上，要它壓在書桌上玻璃板底下做為我的座右銘。

不久我們來到仁愛路路邊的樹蔭下，父親站在樹蔭下繼續說，他幼年時我的爺爺抱著他去買糖葫蘆的往事，他說著說著笑嘻嘻地學著小孩子的樣子，歪著頭瞇著眼，樣子十分可愛，完全陶醉在他童年的幸福裡，他說話的表情，好像那種父子間溫馨的感情從來沒有變過。

我們到了那女孩住的地方，我們進了女孩的家，至於我們做了些什麼？說了些什麼話？現在都記不起來了，只知道後來我還是和那女孩分手了。

對那個女孩，雖然事隔多年，仍留下深刻的印象；但隨著時日的增長，我愈發珍惜父親陪著我在大太陽底下安慰我的往事，對我來說那是一段使我永難忘懷的記憶。

（原載民國八十年八月八日台灣副刊）

五毛錢

端午節那天正逢我值班，孩子送我到門口，問我：「爸爸，今天不是放假嗎？您怎麼還要上班呢？」我向孩子解釋是為了值班；走出家門我突然想起幼年時發生的一件事，竟然和剛才孩子和我說話的情形十分相似。

那時我們住在新竹，父親在基隆工作，通常是星期六下午回家，禮拜一早上再搭早班車回基隆上班，一個禮拜有兩個晚上在家裡，其他的時間都在基隆。那天是禮拜天，早上父親說他要趕回基隆去，因著是假日，我不上學，母親就叫我送父親到火車站，我們住在新竹女中附近的巷子裡，離火車站有一段距離。父親的手一直插在外套的口袋裡，我們走得很慢，路上也沒有什麼行人。

「爸爸，今天放假您為什麼還要回去？」我平時比較少和父親親近，本來禮拜天可以和父親聚一聚的，現在父親又要趕回去上班，我心裡有一種說不出來難受的滋味。

父親沒有回答我的話，只是不停地向前走。

他放在口袋裡的手好像是想要抓住什麼東西似地，始終不曾拿出來。

我們到了東門橋，父親停下來對我說：「風那麼大，你不要送了，記住不要和你弟弟打架，惹你媽媽生氣。」我點點頭，正準備往回走。

「等一下。」父親把手從口袋裡掏出來：「這個給你。」

父親把我的手打開，塞了一個東西到我手中。

我打開手，發現原來是一個銀色的五毛錢。

它是那麼燙手，我從來沒有摸過那麼燙的錢，原來父親一路上握著的就是這五毛錢。

等我抬頭看父親時，他已過了馬路，正用手把外套的領子翻過來圍著脖子，向著火車站走去。

（原載民國八十一年六月二十六日台灣副刊）

鄰居

母親說她好久沒有見以前的鄰居了，很想念她們，想去看看她們。

三十年前我們住在鄉下，那時我不過十幾歲，晚上寫完功課以後，母親經常要我陪她到鄰居家走走，那時大家生活都很清苦，我還記得我們常去的一家，她們家中有六個孩子，他們廚房經常掛著一根大骨頭，這根大骨頭是為了煮湯用的，每次煮完湯後就把大骨頭吊起來，好供下一次使用，由此可知當時生活艱苦的情形。

後來我們搬到城市，生活有了改善，母親還常常提起以前艱苦的生活，叫我們不要忘記；我想母親念念不忘舊時的鄰居，多半是因為她曾經和她們一同度過艱困的日子吧！

我陪母親到鄉下的時候，那天下著毛毛雨，天又冷，再加上鄉下的景物全變了，我們費了很大的力氣才找著以前住的地方；母親沿路一直問我：這裡原來不是有一間小舖嗎？怎麼不見了！這裡原來不是市場嗎？怎麼變成停車場啦！

鄰居們事先不知道母親要來，先是一陣驚訝，接著竟摟住母親哭了起來，想必是想起三十年前的日子吧！老媽媽牽著母親的手久久不放，一句話也不說，真摯的感情任誰都會感動！

鄉下人的生活依舊是老樣子，客廳裡擺著簡單的傢俱，窗子緊閉著，又拉上了窗簾，鄉下人的房間像一個城堡緊緊密密地保護著房子裡的每一個人。

然而，老鄰居的到來，似乎溶化了空氣中那種冷清的氣氛，母親不停地問鄰居們近日的生活，起先只有一位鄰居和母親談話，過不多久，以前母親熟識的鄰居都來了。

這間小小的、破舊的房屋，因著七、八位老鄰居互相關懷顯得格外溫暖。

「這些年來妳都做些什麼？」她們彼此互相問候。

「還不是和以前一樣。」

「孩子都大了吧！」

「生活比以前好多了吧！」

……

雖然是一次又一次重複著相同的話，但我聽起來，話語間流露出說不盡的關懷。

要離去的時候，我開始稍稍領會，何以母親會想念她以前的鄰居，那些舊時的鄰居所帶給她的溫情，是在世界上別的地方沒有辦法得到的。

（原載民國八十二年五月十五日台灣副刊）

雞兔同籠

我手上提著一大簍橘子，跟在母親後頭，母親一面走一面說：「你這次可要好好用功了，算術只考二十分，實在太差了。」同樣的話，母親在家中，已經說了好幾次。母親急的不得了：「怎麼辦？總得想個法子補救。」一連三天，母親都在想法子；第四天我放學回家，一進門，母親就對我說：「豫泰，我想到法子了，走，我帶你去補習。」

母親是個急性子，她把早已準備好的橘子交給我，我就揹著書包和母親一同到補習老師家去，老師是一個我遠房的姑姑，年紀不小了，一直沒有結婚；在路上我問母親這位姑姑會教算數嗎？母親說，當然她會教啊，她以前還是老師啊！

到了老師家裡，母親說了一些我多麼不用功，請姑姑嚴加管教的話，就先走了。母親走了之後，姑姑關上門，一本正經地望著我，我想我又要挨一頓漫長的訓話了。「豫泰，我請你幫一個忙，你知道姑姑是不會教算術的。……」果然被我料到了，姑姑跟我一樣，對雞兔同籠的算術也搞不清楚，接著她就告訴我，那一天母親去找她，要她教我算術，姑姑雖然告訴她，她自己也不懂算術，母親就是不信，最後只得答應；姑姑要我把問題說出來，我就拿出考試卷，姑姑一看到考卷就破口大罵：「出這麼難的題目，不要說你，連我都不會。」這句話是這幾天來，我最喜歡聽的話。

接著姑姑就說：「難不倒我們的，我們一定有辦法解決。」

「一隻雞不是有兩條腿嗎？兔子不是有四條腿嗎？兩條腿的雞有一個頭，四條腿的兔子也只有一個頭，來我們算算看……」姑姑說。

姑姑可真不懂算術，可是她很認真，在紙上畫一隻雞、一隻兔子，另一張畫兩隻雞一隻兔子，她試著告訴我如果有八條腿可能的情形是四隻雞也可能是兩隻雞和一隻兔子；她又畫了好幾隻雞好幾隻兔子，說真的，她畫的雞跟兔子都很有趣，不像老師黑板上硬梆梆的數字，那一天我們就這樣度過了。

後來，每一天下午放學我就到姑姑家去請她教水流問題、植樹問題以及時鐘問題，這些算術題姑姑開始的時候也不懂，有時還要我提醒，但她很認真一再的說：「這些問題不簡單，但總歸是人想出來的，我們一定可以想出法子破解的。」

慢慢的我對算術不再畏懼，學期終了，我的算術成績居然考了個七十分，真是出人意外。

「我說你姑姑是好老師，你總該相信吧！」母親說。

姑姑不懂算術，但她可真是一位好老師。

（原載民國八十二年四月四日台灣副刊）

我們之間有了秘密

雙十節那天晚上，我們排著隊手裡拿著各式各樣的燈籠在學校門口集合。隊伍經過迎曦門，迎曦門燈火通明，街道兩旁擠滿了人。這次遊行除了學校學生的燈籠隊、火把隊，還有民間團體的花車、花舟以及踩高蹺，非常熱鬧。

隊伍剛過迎曦門，我的燈籠就熄了。我離開隊伍到路邊沒有風的地方去把燈籠重新點亮。等我把燈籠重新點亮之後，隊伍已經走遠了。我一面走，一面用手摀住燈籠底下的風口。

「是不是怕燈又熄了？」這時我們的導師走到我身邊。

我把右手的燈籠交到左手，蠟燭的光不亮，我看不見老師的表情；但老師平時是不苟言笑的，在老師面前，我不知該怎麼說話。

「現在沒有風，等一會到了路口還會有風的。」老師說。

「是的，路口一定有風。」我說。

隊伍到了中山堂，我們準備在這裡和別的隊伍會合好了，再整隊出發。離出發的時間還有半個小時，老師准許我們在附近走走，只是不能走遠。

等同學們陸續離開後，我獨自一人坐在中山堂前的台階上。

「這個燈籠是你自己做的嗎？」老師走到我面前問我。

「是的，老師怎麼知道？」

「你的燈籠樣子很特別，和別人的不一樣，你是怎麼做的？」

我告訴老師，那很簡單嘛！我把怎樣把紙糊在紮好的竹子上，怎樣把臘燭裝在燈籠裡，都一五一十地說給老師聽，我還告訴老師，這是鄰居一個老伯伯教我的。

「聽起來蠻好玩的嘛！」老師說。

林老師是這個學期才調到我們學校的，他教音樂，也是我們的級任導師，平時很少說話，有時一天連續上兩節自習課，他在教室裡一句話都不說。班上的同學都摸不透老師的脾氣，他給我最深的印象是，上課的第一天他坐在風琴前面，一面彈琴一面說：「你們都應該喜歡音樂啊！一個人沒有音樂怎麼能活下去，樹上的鳥叫、溪澗的流水、狂風、暴雨、牛鳴、狗叫……都是音樂啊！」

忽然來了一陣風，我的蠟燭又熄了，老師陪我到路邊去點蠟燭，我一連擦了好幾根火柴都被風吹熄。

「風太大，不好點啊！」我說。

「不要急！總會點着的！」老師說。

「老師，那一天音樂觀摩會你一定很難過！」

那天，全校教音樂的老師都到我們的教室來，看我們音樂示範教學，老師那一天要教我們一種新的音階唱法，觀摩的老師一個個進來，站在教室後面，我的座位是在最後一排，我聽見一位老師說：「什麼新教法？學生學得來嗎？」我們班上的音樂素養本來就不高，再加上來了那麼多老師，同學們一緊張，唱得怪聲百出，老師急得滿頭大汗，好不容易捱到下課鈴響了，老師送走別的老師，自己獨自坐在講台邊的椅子上，一句話也不說。

「說實在的，那一天不能怪你們，我準備的不夠！」

「老師怎麼會喜歡音樂的？」

「我是個孤兒。」老師挨近我，幫我遮住燈籠的風口，「父母親很早就去世了，我在孤兒院長大，在那裡生活很寂寞，孤兒院有一個風琴，我一有空就去玩風琴，自自然然地就喜歡音樂了。」老師停了一會兒，忽然問我：「你經常一個人玩嗎？」

我被這突如其來的問話問住了，不知怎麼回答。

老師接著說：「有時候一個人玩也不是壞事。」

「老師，我經常一個人坐在樹下看螞蟻，在鐵路邊看火車經過。放學的時候我不喜歡和別人一塊走東門街，我喜歡一個人走東大路，那裡有荸薺田、有稻草、有蚱蜢，那條路沒有人，沒有車……。」

「老師以前也是一個人玩的。」老師說：「只是人不能沒有朋友啊！」

哨音響了，老師到隊伍前去招呼同學們集合。

那一天晚上，老師說的話比那一學期他在課堂上除了講解課文以外說的話還多。

第二天一大早，我比平時早到學校，我低著頭，面對著講台上知道我一些小秘密的老師，我有一點不好意思。偷偷地抬起頭來，我發現老師朝著我笑了笑，那是老師臉上從未出現過的笑容！

慢慢地，我和鄰座的馬沙、老謝成了好朋友，放學以後我和他們一起走東門街。我的喜好不僅是荸薺田、稻草和蚱蜢了。

老師說得對：「人不能沒有朋友啊！」

（原載民國八十二年六月二十日新生副刊）

褪色的點名簿

上午接到葉建武的電話，這個星期六在民生東路一家餐廳開同學會，慶祝陳澤老師八十大壽；葉建武是我高中時期的同班同學，現在是一家私人醫院的牙科醫生；陳老師是我們那一班的級任導師，他從高一開始當我們的級任導師，一直把我們帶到畢業，日子過得真快，一轉眼三十年了。還記得在畢業典禮前，他和我們聊天說：「你們畢業了，我也該畢業了！」

畢業之後第二年，我才考上大學，當時懷著一顆火熱的心，想讀遍天下所有的中國文學作品，於是寫一封信給陳老師，他不但是我們的級任導師，也是我們的國文老師，向他表明我這個心願，那時他已自學校退休，在寶慶路一家政府機關上班，老師深知我虎頭蛇尾，做事五分鐘熱度的毛病，以短短的一生，想讀完所有的中國文學作品，真是不自量力！可是他回信並沒有點破，只告訴我：中國文學浩如湮海，縱傾畢生之力也難窺其一、二；我接到信後卻想天下無難事只怕有心人，我不妨一試！誰知道等到學校一開學，光是背誦《詩經》、《論語》，就把我累得苦不堪言，再也沒有餘力去看別的書了。

除了那一次書信來往之外，已經三十年沒見老師了，老師身體還好嗎？頭髮白了沒有？

開同學會的地點離我上班的地方不遠，那個地方也是我熟悉的，平時偶爾也和一些業務上往來的客人一道在那裡吃飯，但是這一次不一樣，當我走在餐廳前紅磚行人道上，心裡想：馬上我就要看見多年不見的老師和同學，心中感覺特別地溫馨。

就在我踏入那間餐廳的同時，我和我舊時的同學都興奮的大叫起來。

房間不大，擺了兩張桌子，靠裡頭那張桌子旁的牆上掛著一個金色的壽字，壽字底下坐著的就是陳老師，他頭髮沒有白，一點也不顯老，老師那裡像是發出了無窮吸力似地，一直把我吸到他跟前，我向老師深深地鞠個躬，老師緊緊地握住我的手，久久不肯鬆開。

他從口袋裡掏出一本已經發黃的小冊子，聽坐在他旁邊的許美麗說，這本小冊子老師寶貝得不得了，沒事的時候常拿出來瞧瞧。

這本小冊子原是我們一年級的時候老師做的，那時老師第一次見我們的面，為了能認識我們，他做了這本小冊子，在上面畫好格子，叫我們把自己的相片貼在上面，再在相片底下寫上自己的名字，照片上男同學是小平頭，女同學是清一色的「清湯掛麵」，相片都已經發黃，相片底下當年同學們自己寫的名字，歪歪斜斜地好像小學生寫的。

對老師來說這本小冊子有許多值得回憶的東西吧！

我右邊坐著李美娟、許美麗，事隔三十年，我們仍能彼此認出來，歲月好像並沒有帶給我們太多容貌上的改變，我們開懷暢談就像當初學生時代一樣。

許美麗已經當了祖母，李美娟做了小學老師，連正義當了法官。

連正義到現在還記得我在淡水河邊的家，那個連我自己都幾乎忘了的家，那年他陪著老師和班上幾位女同學，從新莊搭船過淡水河到我家來家庭訪問，這些事就像發生在昨天一樣，誰也不會想到波蜜拉颱風過境摧毀了我們的家園，我們早已搬離淡水河邊的家，到了別的地方。他還記得我花五毛錢買瓜子請他吃的往事，他說連嗑瓜子還是我教他的，那是他平生第一次吃瓜子，後來他又提到老師在我的作文簿上批上「眼高手低，不切實際」八個大字，這件事我真想不起來了，不過，老師這個批語錯不了！因為到如今我還犯這個毛病，真是江山易改，本性難移啊！

老師喝了一些酒有點醉了，我陪他到洗手間，他一面走一面告訴我他的一些事情，原來他原先服務的那個機關，後來搬到台中，他就離開那裡，到香港住了一陣子，現在住在永和，和我們同班同學呂東殷家住得很近。

等我再回到座位，宴席已經到了尾聲。這次同學會沒有看到以前熟悉的竇犖堡、葉玉琦以及張潤隆，他們現在可好？我心裡想倘若有機會遇見他們，我真希望能把他們拉到老師跟前，翻開老師身邊的那本點名簿，指著他們的照片，對老師說：「老師，這就是他們！」

（原載民國七十九年十二月七日新生副刊）

悼張叔叔

今天下午四點多鐘我回家，門半掩著，妹妹把我拉到屋裡悄悄地對我說：「哥哥我告訴你一個壞消息，張叔叔死了。」張叔叔死了，這太突然了。

「哥，你要去看他嗎？」

我轉身出門，搭上往桃園的車子。

遠在爸媽結婚之前，爸爸就和張叔叔在一起了。我曾聽父親說過，有一次敵軍偷襲，張叔叔騎馬衝出重圍，回頭看不見父親，再衝回去把父親從陣地裡搶救出來。

我懂事時起，張叔叔就在我們家裡幫我們煮飯、洗衣，這是他從部隊退下來之後惟一的工作；那時我們住在新竹，時間是民國三十九年，和爸爸從大陸一同來的一些老幹部，一個個自謀生活去了，只有張叔叔留下來陪我們。

鄰居在背後笑他為我們做家事，他一概不理會。

晚間，我常和他下六子棋，當時我才八歲，非常好勝，每次都贏他，他一輸就很不服氣，因此我們兩人經常下棋下到十一、二點，等母親來催我上床才停止。

除了煮飯，張叔叔還為我們洗澡，六、七歲的時候，我和弟弟在一個澡盆裡洗澡，常常把水潑了他一身，他一面為我們洗澡，一面嚷著說：「連洗澡都打架！」

第二天一大早就用醬油炒飯給我們吃，每天一看到醬油炒飯端上桌來，我和弟弟就綳緊了臉不肯吃，後來我們大一點，才知道一天三塊錢的菜錢，能買些什麼呢？如今張叔叔去了，我永遠無法再嚐他那拿手的醬油炒飯了！

一到中午，還不等打下課鐘，張叔叔就拿著飯盒站在教室後面的小門探頭，我到現在還記得他踮著腳看我的情形，一舉一動好像是昨天一樣，在新竹東門國校那一千多的日子裏，張叔叔不僅帶給我熱騰騰的午餐，還帶給我無窮盡的溫暖；這是遠在外島的父親與家中的母親所不能給我的。

他親手做好飯端上桌子後，就退到廚房用菜湯拌飯吃，這是他一向的作法，雖然以後爸和媽常勸他和我們一道兒吃，他卻始終不肯，我們吃的不好，他跟著我們受了許多的苦。

那年父親在板橋配得房子，本來請張叔叔和我們一道去的，一來他不肯離開新竹，二來他在合發木材廠找了一個看門的工作，待遇雖不好，但是多少賺一點，也足夠那時每日買五毛錢花生米，一塊錢米酒的開銷了。

到了板橋，我唸初二。每逢年節張叔叔總會買了蛋糕、瓜子來看我們，對於初中生的我來說，蛋糕的吸引力是頗大的，老實說那時我喜歡他帶來的蛋糕超過他本人；只是後來，我慢慢地體會到在現實社會中，像張叔叔這樣忠心耿耿，凡事為別人著想的人，實在太少。他太可敬了。每當我從他手中接過禮物時，心中充滿感激，他是一位我所敬愛的長者，他是那麼關懷我們！

我有時到新竹玩，一定到迎春橋邊去看他，那時他白天在迎春飯店幫忙，晚上還要到合發木材廠當警衛；雖然後來我已經上了大學，一到新竹，他看見我還是叫我的小名，帶我到城隍廟吃東西，晚上我就和他共睡一張床，他不洗腳的毛病還是和以前一樣，和他擠在一個被窩底下，童年時代的許多回憶都會湧上心頭，半夜他起床去上班，必定為我塞好被角，有時我被弄醒了，看到他靜靜地為我蓋被子，內心有一股暖流。

大學畢業前的那一個冬季，我去看他，晚間他帶我到中山堂附近的夜市場，指著一個賣毛衣的舊貨攤對我說：「你試一試那一件合身？」

我到現在還保留那一天他買給我的英國純羊毛毛衣，雖然舊了，但其中的溫情是無限的。

大學畢業，為自己的事忙了幾年，和張叔叔見面的機會少了；只聽得爸媽說他身體不好。

每年過節他還是會到家裡來，但我因出外做事，大都不在家，張叔叔的音信漸漸少了。

現在，他——我敬愛的張叔叔竟然去了。

死，把我敬愛的人隔在另一個世界。

車到桃園，我頂著風走到他原來住的地方。

人家告訴我，父親剛來過；他住的地方很陰暗，破舊的門窗，七、八個老人坐在屋裡；這是張叔叔晚年行動不便之後，所住的地方，我們雖曾極力邀他與我們同住，但他就像不肯和我們一同吃飯一樣，也不肯與我們同住，孤零零一個人在桃園這地方走完了人生的旅途。

我向看門的人表明身分與來意，我說：「這裡住的張先生是我的親人，他生前我不能見最後一面，現在我想看看他。」

他們把他放在一間小木屋裡，沒有燈，沒有窗戶。他們打開門，我拿著蠟燭走進去，照顧他的人把蓋在他身上的棉被掀開，他的臉上蓋了一塊白布，他們把布揭開，我赫然發現，張叔叔——他瞪著眼，張著嘴，臉已經變了型，不是我從前見他的樣子了，我走近他面前，輕聲說：「張叔叔，我來了。」眼淚盡不住湧出。他們用手合上他的眼睛。

回家的路上，我想起小時候張叔叔照顧我的點點滴滴，他突然地去逝，使我格外感傷，也更加深了我對他的思念。

（原載民國六十四年七月號台塑企業雜誌）

音樂盒

隔壁的小芳捧著一個四方盒子來到大樹下：「這是我爸爸從美國帶來的音樂盒。你聽！」她把盒子打開，〈給愛麗絲〉的音樂一遍又一遍從盒子裡傳出來。

這時候站在小芳旁邊有一個約莫五、六歲的小女孩，對一個站在她後面的大男孩說：「哥哥，我也想要一個音樂盒。」

「哦，是嗎！」男孩假裝沒有聽見他妹妹的話，漫不經心地說，但他心裡想：將來我賺了錢一定買一個音樂盒給妳。

一年之後，那個被叫哥哥的上了大學，當了家庭教師，第一次領到自己賺的錢，他走到西門町，他站在琳瑯滿目的玩具店前。

「請問有沒有音樂盒？」

「音樂盒？」

「一打開盒子就會有聲音出來的。」

店員搖搖頭。

他越過一條街，注視一家老舊的樂器行。「也許樂器行會有這東西。」他想。

「對不起我們沒有，這種東西香港才有。」店主說。

他又找了幾家，始終沒有找著賣音樂盒的，最後他回到衡陽路一家賣洋娃娃的店鋪買了一個漂亮的洋娃娃。他想他小時候那有這樣的玩具，他做孩子的時候最常玩的就是打彈珠，每天一放學就趴在地上打彈珠，他撫摸著到現在還沒有消去的膝蓋上的傷痕，那是以前在地上爬時留下來的，他想起六歲大的妹妹長這麼大從來沒有玩過像是皮球、積木之類的玩具，日子過得真是清苦，幼年時他曾在下雨天披著麻袋包當做雨衣上學。

他一進門就看見妹妹穿著她大姊穿過的舊長袍，領子破了露出裡子來，那長袍至少已有二十年歷史了，妹妹淌著眼淚站在門旁。

「小妹，媽呢？」

她怯生生地指著臥房。

「媽，我給小妹買了個洋娃娃！」

「還給她買什麼玩具，她不聽話，剛挨過打。」

挨打，這是從他姊姊開始的，他親眼看見姊姊挨打，後來他自己不聽話也挨打，每次他看見弟弟、妹妹挨打就有一種說不出的滋味，好像是打在自己身上，他覺得很疼，可是母親也是對的，他們孩子們從小到大沒有不挨打的，打過以後不都乖一點嗎？畢竟棒頭底下出孝子啊！

他把洋娃娃遞到小妹手中。

他的眼睛已潤濕，小妹卻笑了。

她抱著洋娃娃走了，不一會又過來。「哥哥，娃娃想不想睡覺！」

「想，妳把它放下來，它就闔起眼了。」

「她會不會走路？」

「不會，洋娃娃不會走路，人才會走路。」

大學畢業之後，他在一家私人公司找著一個工作，他又想起音樂盒，像上次一樣，他找遍所有的店舖，還是沒有買到音樂盒；這個東西像是永遠無法買到了。

「你買這個汽車好了，它有電池，能走很遠，還會自動轉彎。」店員向他推銷別的玩具。

又過了幾年，他又來到上次買洋娃娃的那家店舖。

「先生，買什麼？」

「音樂盒。」

「沒有，你看這汽船怎麼樣，一樣嘛！」店員說。

他搖搖頭，心裡說：不一樣，絕對不一樣。

店員把汽船放在一個水盆裡，按了一下開關，船發動了，發出嘟嘟的聲音，說實在汽船很可愛；白色的船身、塑膠製的駕駛盤還有漂亮的小馬達，末了他終於被說服了，把汽船從水裡撈上來。買了汽船。

旁邊站著一個小男孩以好奇和羨慕的眼神看著他。

有一次他到南部出差找著一家很大的玩具店。

「老闆，有沒有音樂盒？」

「音樂盒？是放唱片用的嗎？」老闆似懂非懂。

他感到很洩氣，接著問：「有沒有新一點的玩具？」

「這是最近才從美國進口的玩具豎琴。」他拿出一個鋼絲做的小琴：「玩法很簡單，裡面有說明。」

他搖搖頭，店員又拿給他另外幾種玩具。

「機器人！小保齡球！積木！」

他連連搖頭，心裡想：不如買一些益智玩具吧！藉著玩具給她一點訓練，使她腦子更靈活，現在這個時代有一個靈活的腦子比什麼都有用，於是買了兩盒「科學建築材料」。

他還是忘不了音樂盒，他奇怪為什麼每次買玩具就想起音樂盒。

「你不該買這個回來。」他父親說：「你該知道你妹妹玩什麼都玩不好！有了這些她書都不唸了！」

他想：或許我真不該買科學建築材料給她，但是我總該買個音樂盒給她吧！我心裡老早就答應給她的。

他又想起幼年時搶鄰居的洋娃娃玩，在泥地裡淌水；他多麼盼望自己的妹妹能有一個更愉快的童年，譬如說有一些精美的玩具，可是爸爸他怎麼想呢？算了罷，事情總是這樣的，你有一套看法，別人有另外一套看法。

「我很想買一個音樂盒。」有一天他無意間和同事談起。

「音樂盒，去年有人從義大利帶了一個給我，外面有一點舊，機件倒挺好，我明天帶來送給你。」

他到書店買了兩張不同顏色的包裝紙，把同事送的音樂盒貼上彩色紙，使舊音樂箱看起來新一點，又用另一張包裝紙把音樂盒包起來，用紅緞帶縛好，再到郵局買了個抗壓的小紙盒把音樂箱放進去，寄回家去。

他躺在床上，鬆了一口氣，七、八年來他一直埋在心中的一件事終於完成了。

過了幾天，他收到妹妹的來信：「音樂盒收到了，是舊的嗎？上面糊了紙，二哥不小心把彈簧扭斷了。……」

他把信放在一邊，信步走到街上，走到賣汽船的玩具店。

櫥窗裡正播放著佩蒂・培琪的「窗前小狗」：

「那窗子裡的小狗值多少錢？

就是那搖著尾巴的小狗。

那窗子裡的小狗值多少錢？

我希望那小狗是要賣的。」

他不自主的走向窗前。

「先生，這次買什麼？」

「小狗。」

「小狗？」

「不，我是說唱片裡播的那首窗前小狗很好聽。」

他忽然非常喜歡這首英文歌，音樂盒、妹妹、窗前小狗這些毫不相干啊！他怎麼會把他們湊在一起呢！他自言自語，走回住的地方。

（原載民國七十九年五月六日新生副刊）

手足情深

我和弟弟年齡只差三歲，個子差不多，容貌也相似，許多看著我們長大的長輩，許久沒見我們以後再遇到我們，都會說：「還是那麼像，到底誰是老大？」

由於家庭環境並不富裕，上大學期間我和弟弟必須利用課餘的時間，幫教授刻鋼板來賺錢貼補生活費。有天傍晚，弟弟來看我，我看到他疲憊的臉孔，心想他一定受了不少苦。那時正是夏天，我們漫步在幽靜的鄉間小徑，田間傳來陣陣青蛙叫聲；弟弟望著天邊的星星對我說：「哥，你知不知道，我小時後以為這些叫聲是天上的星星發出來的。」

「是嗎？怎麼可能呢？」

「當夜空星光閃爍的時候，不就發出呱呱的叫聲嗎？」弟弟說：「從來沒有人告訴我，那是青蛙的叫聲。」

說著，說著，我們都笑了。

我送弟弟到搭車的地方，順手塞了三百元給他，那是我半個月工讀的所得。

「你留著用。」我握著第弟的手說。

「那你呢？」

「我還有。」那時我口袋裡只剩下一百元。

弟弟好像還想說什麼，車已經開了。

……

弟弟大學畢業服完兵役，很順利地通過留學考試。就在這個時候他和相識多年的女朋友起了爭執，在他出國的前夕，我們兄弟二人造訪了他的女朋友，試圖挽回這段破碎的感情。我們三人互相對望著，臉上沒有一絲笑容，整個世界都好像凍結了。

「我就要出國了。」弟弟淡淡地說。

「哦，很好啊！」女孩表情木然。

此後，彼此再也沒有說一句話。

後來我們怎麼離開，怎麼回到自己的家裡，我一概記不起來，只記得弟弟在離開前無奈地對我說：「哥！我們走吧！」他那落寞的神情，到現在還使我難忘。

兩年後，弟弟取得碩士學位，也和當地開餐廳的華僑女兒訂婚。回國時，我正巧在忙，不能去機場接他，隔兩天弟弟拎著一簍枇杷到彰化看我，他意氣飛揚，早已不復出國前的沮喪，我們斜躺在新買的大床上，談起以前的種種。

我們回憶大颱風的夜晚，為了怕淹水，我們兄弟二人同心協力用拖車搬運傢具，當時風太大，我們連人帶車都跌到水溝裡去。我們也談起童年時，為剛被汽車輾死的青蛙舉行葬禮……。

那次見面到現在已經十二年了。

如今我自己也有了小孩，每當孩子們爭吵不休，我就想起幼年時期，外祖父摸著我和弟弟的頭說：「兄弟是手足，要相親相愛。」很自然地我會告訴孩子們我和弟弟間的往事；望著孩子們似懂非懂的表情，我問自己：「是不是孩子們長大了，兄弟分開的時候，才能體會出相聚的可貴。」

（原載民國七十六年十一月號台塑企業雜誌）

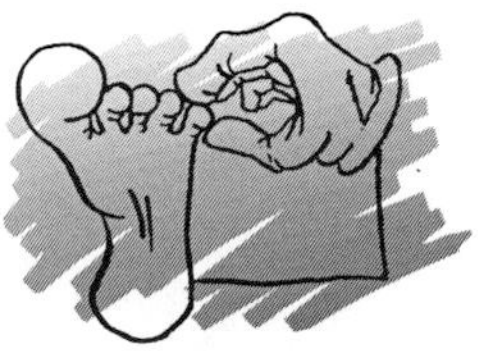

海麗

海麗是我家的一條狐狸狗，是弟弟當家教的惟一報酬。牠到我家的時候，是坐在弟弟腳踏車前面的籃子裡運來的，胖嘟嘟的像一個肉球。弟弟把一張單子遞給媽，上面寫著海麗的進餐情形。

「這是張伯母送我們的，每天要餵兩次牛奶，一次牛肉。」

「作孽！作孽！人都吃不起牛肉還要餵狗！」

經過大家商議後，海麗可以留下來，但不餵牠吃牛肉，我們吃什麼，牠就吃什麼。最初幾天，牠面對著擺在牠面前的稀飯和菜湯，直流口水，就是不吃。急得小妹不停地說：「餓死了怎麼辦？」三天以後，海麗開始吃稀飯，在牠「絕食」期間，惟一的糧食是脫脂奶粉。

約末半個多月，牠的飲食才算矯正過來。牠吃的和我們一樣，在感覺上開始真正成為我們家中的一分子。我們買了鈴鐺繫在牠脖子上，又用紅布條將牠打扮一番，早上牽著牠到附近農舍走走。

海麗的來臨，給我們家帶來不少歡笑。

每到傍晚，除了我們兄弟吵架的聲音，偶爾還可以聽見幾聲狗吠點綴其間。

父親靠薪水養家，每到月末，手頭的錢就有點緊，這時母親就開始在菜錢上打主意，魚、肉減少了，以黃豆芽、韭菜代替；這樣一來，小妹就拉長了臉不肯吃飯，媽說：「妳看，海麗不也照樣吃嗎？」

我們也不虧待海麗，每天熬湯的大骨頭，都由牠包辦。有時看著牠抱著骨頭在地上打滾，真是有趣。眼看著牠漸漸長大，我們把鍊子鬆了，讓牠自由到外面走走。

然而，經常看見牠耳邊淌著血水從外面跑回來。

這隻屢敗屢戰的狗給小妹添了許多麻煩，她一面用紅藥水、紗布為海麗包紮，一面嘀咕：「海麗，妳又和誰打架了！」

除了打架，海麗也學會了在沙地上打滾，這是這種狗不該有的動作，可是看到別的狗在沙地上玩的高興勁兒，誰也不忍心苛求牠保持「小姐」的身分了。

狗和人不同，長大的狗很快就步入老境。

首先是牠的毛脫了，耳朵開始下垂，視力也模糊了。

我們經常看到牠走路時撞到柱子上，心裡確實感到不忍。我們為牠釘了狗屋，把牠安置在裡頭。牠強壯的時候，為我們看家，給我們歡笑，到了牠晚年，我們自然格外照顧牠。有一天母親在廚房炒菜，不住地叫海麗！海麗！牠沒有回頭，從那一天起牠再也沒有回過一次頭。海麗聾了。她身上的毛愈來愈少，冬天到了，我們必須把舊衣服墊在狗屋裡幫助牠禦寒。牠惟一的同伴，隔壁李家的土狗，和牠的命運差不多，偶爾可以看見牠們一前一後地在大樹下徘徊，落寞又淒涼。

有一天早晨，當賣饅頭的老梁推門進來的時候，我們沒有聽見海麗的叫聲；牠躺在窩裡，永遠起不來了。人家說：狗是不能有葬禮的。但我們還是為牠在附近找了一塊地，不過尺許見方，挖個坑，將牠埋了。當時的感覺，我們埋的不是一隻狗，而是一個朋友。

海麗死了，李家的土狗獨自在大樹下徘徊。

這時爸爸退休了，小妹也長大了，家裡環境比以前好多了，而當初和我們一起過苦日子的海麗卻不在了；後來別人又送給我們一隻狐狸狗，我們給牠起名叫小白，小白每天吃的肉湯、骨頭比海麗好多了，我們不禁低聲說：「小白，妳的遭遇比海麗好多了！」

小白也十分乖巧，爸爸退休以後陪伴他最多的便是小白，有一次我聽見爸爸撫摸著小白，輕輕呼叫著的卻是：「海麗！海麗！」聲音雖然很輕，但我聽得很清楚。

（原載民國六十四年元月號台塑企業雜誌）

零用錢

我們那個時候，大家都窮，孩子們偶爾有一毛、兩毛零用錢，算是不錯了，有了零用錢可以到城隍廟前向攤販買花生米，可以到校門口買冰淇淋，夏天中午，天氣正熱，賣冰的小販會把腳踏車推到學校門口的大樹下，我們下了課買一份冰淇淋吃，算是一大享受。

除了冰淇淋外，我也喜歡吃天橋底下麥芽糖以及道地口味的爆米花，雖然不是每天都有零用錢，可以買這些東西吃，偶爾能解解饞，我就很滿足了。但是自從我隔壁那位同學遺失了自來水筆那一天起，我這個最小的享受也沒有了；那一天我的同學帶了一枝全新的自來水筆到學校來，在當時擁有一枝自來水筆是一件很稀奇的事，同學們一個傳一個仔細地看，到最後自來水筆不見了，同學們一個一個追查下去，查到我這裡的時候，我說不出來，我看過之後交給誰，因此我必須負責賠償，我的同學向我索價二十元，當時二十元對我來說簡直是天價。

平時我既沒有固定的零用錢，現在還要存二十塊錢還債，真讓我難受！

從那一天起，即使我有一點零用錢，也不能買零食了，我必須存錢好賠償同學的自來水筆，口袋裡沒有錢的時候，看到路邊小販賣東西，還可以忍下去，口袋裡有零用錢，要忍著不用，那個滋味可不好受，有時望著小販推著車過來，手裡捏著五毛錢，暗暗地流口水，別的同學一下課就衝到校門口買冰，我只能獨自留在教室裡；有時經過天橋賣麥芽糖的店舖，就故意加快了腳步疾行而過，真怕忍不住衝進店去。

以前我從來沒有想過零用錢有什麼好處，直到這時候，手上有一點錢，而我又不能用這些錢買零食時，我才體會有零用錢是多麼可貴。

日子一天天過去，痛苦的日子好像特別難挨，好不容易過了兩個月，眼看這學期就要結束了，我總共存了十八元，還差兩元；我的同學說就算十八元好了。

償還了欠債，在回家的路上，腳步特別輕鬆。

因著在償債期間，我一直強忍著不花錢，在我償還欠債之後，有了零用錢時，有好長一段日子，我竟習慣性的把錢存起來，不敢花用，彷彿我要償還另一枝自來水筆似地。

幼年時期我只能體驗沒有零用錢花的痛苦，年紀稍長慢慢領略珍惜一些既有的東西，那怕是像零用錢這種小小的東西，就是最大的福氣啊！

（原載民國八十二年元月一日台灣副刊）

手錶

傍晚吃飯的時候，孩子看到我手上的手錶舊了，就問我，為什麼不換一個新手錶。

我摸撫著手上的舊手錶，向孩子說出三十年前的一段往事。

那時我正唸大學，由於家境貧寒，我上大學的生活費全靠自己當家教以及在學校當工讀生賺錢來維持，有時需要買些參考書，錢就不夠用，和我同住在宿舍裡的同學大都是僑生，生活也不寬裕；因此每當我手頭上的錢不夠用時，我就到當舖去把我身上惟一值錢的手錶當了換一點錢應急；等到下次領了家教的錢和工讀生的錢，再去把手錶贖回來。

有一次學校正要期末考，我手邊沒有錢花了，只好像以前一樣，把手錶當了；就在這個時候，我的胃病又患了，白天胃痛起來根本沒有辦法唸書，晚上又疼得睡不著，只好請假回家休養。

躺在床上，真是貧病交加，身邊除了蘇打餅乾和奶粉外，什麼都沒有。

那時大姊正在公費的大學唸書，學校除了供吃、住外，還發一些零用錢，她知道我病了，就趕回家中看我。坐在床沿上和我聊天，大姊一向知道我報喜不報憂的個性。

「現在幾點鐘了？該不該吃飯了？」母親在廚房炒菜，問我們現在的時間。

「現在幾點鐘了？」大姊轉過頭來問我。

我手錶當了，答不出來。

「你手錶那裡去了？」大姊嚴厲地逼問。

我只得把實情說出來，大姊伸手向我要了當票，一句話不說就出去了。當天晚上她就把手錶贖回來交給我。這件事，我和大姊因怕母親知道了難過，就一直沒有告訴母親。

我講完這些話，從孩子們的眼神裡，我看得出孩子已經了解為什麼我一直戴這個舊手錶；只是我知道，除非他們長大了真實經歷了貧窮，否則他永不會體會出貧窮的痛苦；而我身為孩子的父親，心裡是多麼盼望，他們永遠不要經歷那種貧窮的痛苦啊！

對我而言，這個手錶一直提醒我，以往的日子我是怎樣度過的，大姊適時的幫助更使我永誌不忘。

（原載民國八十一年三月十一日台灣副刊）

鄉居

妻常說，在南部鄉下那一段時光，是我們的黃金日子，是她一生中最懷念的。

那時我剛結婚不到一個月，因工作的關係被調到南部鄉下，工作的地點變更使我萬分惶恐，我擔心在新環境是不是能適應；既對新環境感到陌生，我和妻決定，不把傢具搬下去，台北的傢具留給弟弟用，夫妻倆只帶著一些隨身的行李南下。

我工作的地點很偏僻，附近沒有房子出租，好不容易才在郊區找著一間新蓋的二層樓房，房租一個月一千一百元，很便宜，當天晚上我們就搬進去住了。

我和妻坐在我們帶來的兩個紙箱上，紙箱裡放著棉被以及一些換洗的衣服，天晚了，要睡覺，才發現沒有床，立刻到附近的傢具行買了一張雙人床。

折騰了半天，實在睏了，倒在床上就睡著了，睡到半夜，忽然被一陣尖叫聲吵醒，原來我們住家巷口是屠宰場，每天夜裡都要殺豬，尖叫聲就是那裡傳來的，這是當初我們租房子時沒有想到的，我和妻四目相對，眼前除了兩個紙箱外一無所有，頓時有一種落漠的感傷，也許是白天太累了，不多久又睡著了，一覺起來已是早上七點，正趕上上班。

鄉下沒有自來水，吃的用的水都是用幫浦從地下抽上來的地下水，我們到附近店鋪買了些過濾用的木炭、沙石，又買了瓦斯爐和水壺，開始燒開水；因為只有兩個人，為了省事，我們在家裡也不開伙，三餐都在附近攤子上、館子裡用餐，一直到我們吃膩了，才開始自己做飯，妻以前未曾下過廚房，連蔥和韮菜都分不出來，我也好不到那裡，我們初開伙的時候，常吃的菜不過是蕃茄炒蛋、炒花生米和炒白菜……，想不到後來妻看著食譜，學會了幾道菜，像是紅燒獅子頭、魚香茄子、紅燒魚以及粉蒸排骨都有模有樣，不輸飯店裡大師傅的手藝。

客廳空空的，什麼都沒有，客人來了連個坐的地方都沒有，我們就在附近買了一張可以摺疊的桌子及八張木製椅子，桌子用不到一年就壞了，那八張椅子倒堅固耐用，我們後來共搬了三次家，那八張椅子一直隨著我們，到現在我們還在用！我們又買了電冰箱和洗衣機，這樣一來總算像個家了。

我們的二樓空著，沒有人住，我們覺得可惜，就分租給一個上夜校的學生，房租每月三百元，對於當時我剛踏入社會不久，薪水不多的一個小職員來說，這筆錢不無小補。

住家後面院子是一片空地，我們買了菜種，灑在土上，鄉下的土真肥沃，種子灑下去不出幾天就長出綠芽，我們終於吃到自己種的菜，院子裡有一棵香瓜樹，是我們搬進來的時候就有了，我們住在那裡的那一段日子，它只結了一個香瓜，瓜不大但特別甜，是我們吃過的香瓜中最甜的；離我們住家不遠有一個香瓜田，晚餐後，我們經常到香瓜田散步，順便向果農買一些香瓜，看天邊朵朵彩霞，看鴨子成群在池子裡戲水，是人生一大享受。

兩年後，我被調回台北，又恢復都市生活，接著孩子出生，生活的壓力一天比一天重，我們再也無法重溫昔日鄉居的那種閒雲野鶴般的生活；在鄉間小路上散步、二人對坐分享炒黑了的花生米以及一望無際的香瓜田……，真使人難忘！

（原載民國八十二年十一月十二日台灣副刊）

與孩子共度的時光真好

我少年時期讀過一篇西方作家的文章，文章裡說到，一個男人遲早會發現，他內心裡有一個衝動，想駕一艘船遨遊四海；我認為我自己確實是那麼一個人，我一直希望，有一天能離開我生長的鄉村，獨自一人乘舟浮於海，即使後來結了婚，有了孩子，這個念頭還沒有打消。

有一天我帶孩子到公園去放風箏，孩子拉著風箏的線在草地上奔跑，一次又一次，風箏就是飛不上去，我接過風箏，試著使風箏飛向天空，一次又一次，風箏還是飛不上去，正當我們失望的時候，天起了一陣微風，小小風箏慢慢地飛了起來，我和孩子都鬆了一口氣，孩子的臉上也有了笑容，我握住孩子的手，孩子的手握住風箏的線，我們注視著天空，我可以感覺到風箏被風吹動的拉力以及孩子快樂的心情，慢慢地，我鬆開手，讓孩子獨自操縱著飛在天空裡的風箏。

我坐在草地上，欣賞孩子放風箏的表情，晴朗的天空、在空中飛祥的風箏、一個快樂的孩子以及一個陶醉在孩子歡樂氣氛裡的父親，這真是世間一幅美麗的圖畫。

我想：倘若將來我要乘舟出海，我一定要把孩子帶在身邊，使孩子和我一同分享遨遊四海的樂趣。

孩子逐漸長大，當年放風箏的幼童，轉眼已經十八歲了，那一天我們全家到山區去度假，到了目的地已是黃昏的時候，妻累了，先去休息，我帶著孩子去爬山。

山路崎嶇難行，我們默默地走著，有時我在前面，有時孩子走在前面。

山上很靜，靜得我幾乎可以聽見自己心跳的聲音。

我問孩子：「你怕不怕黑？」

「小時候我怕黑，現在不怕了。」孩子說。

下山的時候，我想：與孩子共度的時光真好！倘若我將來還想乘舟浮於海，而孩子也還願意和我一同去的話，我還是願意和孩子一同完成我少年時期的願望。

（原載民國八十二年六月十七日台灣副刊）

童年

風城，新公園附近有一座廢棄的倉庫，倉庫旁邊有一個半月形的水池，池不大，長了許多菱角，因池邊種了南瓜，我們就叫它南瓜湖，童年的時候經常摘下南瓜的莖吹著玩，我的家就在湖畔的小木屋。

時光倒敘，好像回到孩提時代……

隱約的聽見屋裡傳來了母親的呼喚，由遠而近。

「豫泰，豫泰。」母親叫著我的小名：「這孩子不知道又野到那裡去了，到吃飯的時候還不回來。」我一聽見母親的聲音，就往南瓜湖邊的蘆葦裡鑽，再從母親說話的口氣中分辨母親當時的心情，倘若母親的聲音除了稍微的失望，沒有不高興的語調，我就不回去，繼續在外面玩耍。

常想：何以南瓜湖的一切使我那樣著迷，咫尺天涯，毘鄰的小木屋——我可愛的家一點也不吸引我，除了睡覺之外，我是絕不肯在裡面多待一刻的。

離開南瓜湖，我惟一去的地方，是鐵路對面的一幢日式房子，去找我的玩伴——扶生，扶生的父親是個醫生，她的母親是個十分舊式的女人，我從未見過她的父親，據扶生說，她爸爸除了按月把生活費送回家以外是絕少回家的，她的母親在失望、傷心之餘終日埋首在麻將桌上。

記得有一天，當我又從家中跑出來，躡手躡腳地走近那日式木屋，停在一棵一人多高的燈籠花下，拿出口袋裡的彈弓，裝上石頭，向遠處吊著的半截舊鐵軌射去，隨即發出清脆的聲音。

這是我和扶生約定見面的信號，在我們那個時候，小男生和小女生在一起被別人看見，是很沒有面子的事，雖然我早就聽說別人在背後說我和扶生在一起的事，可是我還是不願意明目張膽地和扶生來往，去招惹別人更多的閒言閒語。

屋子的紗門輕輕推開，一個小臉先伸出來，赤著腳。

「你吃過飯沒有？」扶生問我。

「還沒有。」

「你等一下。」

她再出來的時候，手裡多了幾塊餅乾。

「我媽在打牌，沒有做飯，我們就吃這個吧！」

我們一面吃，一面聊，不覺來到木材場的大樹下，扶生聽見樹上有小鳥的叫聲，聲音十分淒涼。

「你去把小鳥拿下來好嗎？」她對我說。

我爬上樹，把小鳥從鳥巢中取出。

她打開手帕，把小鳥放在裡面包起來，小鳥受了溫暖就不再啼叫。

扶生說：「弟弟也常獨個兒在搖籃裡哭，我們都沒有同伴。」說著說著她就摀著臉，哭起來。

我把我的手帕遞給她：「不要哭，我會跟妳玩。」

夏天到了，學校要郊遊，那天我發燒，沒有去郊遊。

第二天，我約扶生在南瓜湖見面，我買了兩枝冰棒，一枝給她，一枝自己吃，問她：「好玩嗎？」

「好玩極了，石頭在我旁邊，他媽給他好多錢，買好多東西。」

「有什麼希罕？」我啐了一口吐沫。

「還有，我們到了山上，石頭一不小心，滑下山，像個大元寶似地。」

「活該！」

「你怎麼沒有來？」

「我才不去呢，有什麼好玩的，那是小孩子玩的。」我聳聳肩：「這裡才好玩，我剛才還看到一隻小青蛙從洞裡伸出舌頭在吃蚊子呢！」

石頭是我們班上的一位同學，原名叫石佳雄，他父親在郵局上班，因著學校是男、女合班，扶生、石頭和我分在同一班，石佳雄塊頭大，又結實，我們就叫他石頭，有一次在學校，不知道為什麼事，我和石頭起了爭執，我捱了他一拳。

放學後，我和扶生商量，要在木材場裡，給石頭一點顏色瞧瞧，扶生起初不答應，後來禁不起我一再要求就答應了。我們在木材場入口地上埋伏著一根麻繩，外面的人看不見，只要石頭一進來，我就拉繩子把他絆倒；扶生說，人跌倒會流血，必須用木屑鋪在繩子附近，這樣一來，即使石頭跌倒了也不致於受傷，女生嘛，總是膽小一點，她既這麼說，我就忙著去收集木屑。

我們決定當石頭來的時候，由扶生帶路，我躲在門後見機行事，等扶生走過繩索，我立刻動手。

從門縫中看見他們兩人進來，有說有笑，怪親密的，我恨不得把手中的繩子套在石頭的脖子上。

扶生的腳剛跨過繩子，我就拉繩子，或許因為用力太猛，只聽見滑刺一聲，我拉倒了繩子那頭綁著的木棍，木條從四面八方落下來，落在我們身上；過了許久我、扶生和石頭拍落身上的木屑從木材堆裡爬出來，三人手握住手，恍如隔世。

「這裡不好玩嘛！木頭太多了。」石頭對我們說。

「本來應該是很好玩的。」扶生靦腆地說。

我十二歲那一年十月，父親在板橋分配到一間房子，我們搬到板橋，臨走的那一天，扶生來看我。

南瓜湖依舊是那麼平靜。

「豫泰，你媽說你們要走了。」扶生咬著指頭說。

「嗯。」

「你會回來看我嗎？」

「會的。」

我們伸出小姆指打個金鈎鈎。

望著那個已經不再小的小姆指，一轉眼已經二十九年了，就這樣我離開了南瓜湖，離開了扶生、石頭以及小木屋，童年只剩下一片模糊的記憶。

（原載民國七十一年三月號台塑企業雜誌）

挨打

除了寶山一路上白茫茫的棉田、黃橙橙的柿子林、軟綿綿細沙鋪成的小徑、頭前溪的小石子和勝利路口的小橋令我懷念以外，點綴我童年生活的，就是母親手中的竹條。

母親對待孩子的嚴厲作法，在我們所住的大雜院裡是出了名的，孩子做錯了，就要挨一頓打，兄弟五人中我最頑皮，挨打的機會最多，鄰居們知道我挨打，就有些人護著我，因此在我四周有兩種勢力，一種勢力是來自家裡的，姑且稱它為「擁母派」吧，這一派人主張孩子不聽話就該打，持這種論調的有母親、外祖父和舅舅，還有一個經常不在家又凡事聽母親話的父親。另外一種勢力是以外婆為首，「外婆派」除了外婆以外還有鐵路的奶奶、林阿公、小全他媽和邵伯母，他們反對責打，主張愛的教育；初期時，兩派勢力相當，我在家中倒還安穩，後來外婆去逝，護著我的那一班人失勢，在我童稚的感覺上像是開始過著地獄一般的生活。我常為了「遭受苦待」而在油加利樹下喊幾聲姥姥，荒唐之中也有幾分真情。

擁母派的那一班人所以討厭我，他們說我倔強，母親最討厭倔強的孩子，我一挨打就更硬，通常是打不服的，有時躺在地上裝死，急得母親大叫：「唉喲！昏過去了。」

外祖父是學過武術的，他一看就知道我昏倒是假的，他是母親的死黨，我不假裝還好，一裝死就又招來外祖父一頓「毒打」，在他以為是加重刑罰了，但我知道鞋底的滋味比母親手中竹條的滋味好多了，所以外祖父以鞋底打我，我一點也不怕，反而衷心感激他救我免去竹條之苦，為了使他相信打得真痛，我故意大聲怪叫，有時候假裝起來連我自己也分不清楚那個是真淚，那個是假哭？如今外祖父也已經去世，回想往事，內心有說不出的懷念和歉疚。

我挨打時有個毛病，要是自己覺得被冤枉了，就一聲都不哭，打死我，也不吭一聲；他們說我倔強，恐怕就在這一點。母親打我不遺餘力，夏天的晚上，母親最喜歡搬個椅子坐在院子裡，再把我叫到她身邊站著，然後開始述說我的過錯，那時我除了點頭就是搖頭，腿站得酸酸的，就巴望母親快點動手，一聽母親說「把手伸出來」就知道這是挨打的前奏，你想，我頭昏昏的，做什麼都提不起精神，手一伸出來就表示，這場戲快完了。

以我的經驗，晚上挨打最好，不太感覺痛，瞌睡是天然的麻醉劑比什麼都有效，只要我能熬過「聽訓」，接著的事就容易多了。

打在我身上，當然是痛的，有時痛得我下定決心，只要不打我，怎麼都行！可是，曾幾何時，舊態復發，我就又嘗了那記憶猶新的皮肉之苦。

我說過擁母派有外祖父、舅舅和父親，除了父親之外，都是母系，父親何以會傾向母親那一邊，在我幼小的心靈裡是搞不通的，我記得有一次，不知道為了什麼事，母親非常生氣，她氣勢兇兇地指著我問父親說：「你要他，還是要我，要他就不要我，我走。」父親瞪著大眼安慰母親，一面喊著母親的小名，一面說：「這是何苦呢？」

像我和母親這樣對峙的局面真不多見，不知道是不是母親打慣了，還是像母親說的，我皮膚發癢，不打不行。

擁母派的另一個主要人物就是我的舅舅，外祖父常常對我說：「你舅舅要打你，就是你父親也管不着。」最初，我常想，在家裡父親不是最大嗎？怎麼舅舅又比父親大？誰比舅舅大呢？這種職權真不容易弄清楚，後來我想通了，反正挨打是免不了的，誰打不都是一樣嗎？

舅舅很少打我，我記得最清楚的事，就是他聽說我經常逃學，就做了一個布製的名牌，上面用毛筆寫著：「逃學的孩子」，外面加上塑膠套，他對我說：「下次再看見你逃學，就把這個戴到你脖子上。」一個七、八歲的孩子，脖子上套上這個玩意，可不是什麼光榮的事；我那時候想：舅舅未免太狠了，竟使用這一招殺手鐧，到現在我還是不明白，舅舅是誤打誤撞，剛好擊中我的弱點，還是他棋高一着，總之，後來我不再逃學。我所以逃學，就是因為遲到了，老師會當著那麼多同學的面叫我站起來，使我很沒面子；現在舅舅要我掛那個討厭的名牌，使我更丟臉。相衡之下，遲到了，我寧可不逃學仍舊上課，即使挨老師一頓臭罵，也比戴那個「名牌」招搖過市要好。

擁外婆派的人，在我看來都是好人，他們常常能施出錦囊妙計，把我從皮肉痛楚中解救出來。其中最賣力的，當然是我的外祖母，只要有人碰我一下，她就大嚷：「你們打死我好了，我不要活了。」這句話比什麼都靈，擁母派的到此就束手無策，有外婆做後盾的那一段時光真好，早上她老人家把我從床上叫起來，晚上又摟著我睡覺，一天之中，看不見母親手中的竹條，快樂多了。還有一位「鐵路的奶奶」，她老人家心地最好，夏天的夜晚，她經常替母親照顧剛生下來不久的弟弟，一面揮扇子一面唱歌，那一首韓國小調，我到現在還記得：

「離開了這裡，不知多少天哟，

可愛的故鄉。
望了又望，眼前只是一片：
虛無和遼闊。
什麼時候，才能回到，
祖國的身旁。
明朗的月啊，
靜靜的風喲，
明月向西落。」

她一次又一次地唱著，歌聲悠揚極了，我和弟弟常常在歌聲中進入夢鄉。

因著鐵路的奶奶疼我，我就常到她家玩，也到她幫人縫麻袋的大倉庫裡玩，在倉庫裡玩捉迷藏，在麻袋堆裡東藏西躲，是我小時候最喜歡的遊戲，為了在倉庫裡玩得全身灰泥，我不知道挨了多少打，卻總是樂此不疲，鐵路的奶奶本來住在我們家前面，後來搬到木材場後面；母親一打我，她就叫她那比我大一歲的女兒，把母親叫去，說是有事商量，母親不好不去，等到母親回來，那裡還找得到我的影子。

兩個老人，外婆和鐵路的奶奶，一內一外，是我的左右屏障，儘管母親氣得咬牙，卻始終奈何我不得。我也學會了還沒有進門就喊一聲姥姥，這是最有用的法寶，意思是告訴她老人家她的寶貝外孫回來了，有時我依稀聽見爸爸和媽媽在外婆面前陳述我的罪狀，說什麼書包裡放了青蛙，課本用火柴燒成洞（我討厭書本）；但姥姥一聽見我叫她，她就壓低了聲音說：「不要講了，孩子還小，不要嚇壞他，你們小時候還不是一樣。」說著說著，接過我的書包來，把我摟在懷裡。

世上不如意的事常八、九；這段快樂的日子很短，過了一、兩年舅舅把外婆接到竹東去住，家中少了外婆，擁外婆派的人群龍無首，只有化整為零，暗中接濟我，其中以小全他媽對我最好，常把我叫到她家去吃年糕，晚上就住在他家裡，邵伯母也常帶我到她家去看連環圖，她怕媽媽罵我，一再交待我：「你可不能告訴你娘說，你在邵伯母家看小人書啊！」

林阿公在日據時代教過書，有時操著生硬的國語，請母親不要打我，母親聽不懂他的話，但在他們談話的時候，我可以喘口氣，也就好多了。

擁外婆派的人中，有許多「變節」的，他們原來是幫助我的，後來聽了媽的解釋，說什麼孩子非打不行，不打長不大。特別那些年齡和母親差不多的伯母們，都紛紛點頭，再遇到我挨打的時候，她們就袖手不管，不再勸母親高抬貴手。這樣一來，我奇慘無比，所受的苦比往日加重許多。

外婆去世之後，我的情形更慘，像羊沒有了牧人，但野性未馴的我，縱然打多了，也未能稍改以前的惡習，徒受肌膚之痛罷了。

奇怪的是，我愈怕挨打就愈挨打，母親手中的竹條，就像我的影子一樣隨著我，我慶幸後來離開家住在學校，否則真不知道要苦到幾時。

由於自己挨的打多了，我就對那些挨打的孩子，有一種頗不平常的同情，也許是「物傷其類」的心理。

有一次在上學的途中，經過一片竹林，遠遠望見烏壓壓的一堆人，便趨向前去，只見一個二十尺見方的打穀場，中間擺著一個黑漆大棺材，棺材前跪著一個光著脊樑，穿著短褲的男孩，一個看起來比他大不了多少的女孩站在旁邊，蓬鬆著頭，拿著棍子大聲說：「打死你算了！打死你算了！」旁邊有人向那跪著的男孩喊叫：「還不快逃！還不快逃！」也有人說：「多傻啊！打得這麼厲害，還不跑？」這算厲害？我心裡說，才不過我所受的五、六成罷了。逃？談何容易，只要你被打過幾次，就是把直升機放在你旁邊，你連動都不敢動，腿都嚇軟了，怎麼逃？後來我知道棺材裡躺著的是孩子的父親，孩子是因偷父親的錢被抓住了。打他的是他的姊姊，有好幾天，我看見他跪在熙熙攘攘的路旁，一想到他的痛苦，看到那些野孩子用石頭扔他，就覺得比他幸運多了。雖然也為他難過，但一想到自己回家說不定也要挨一頓打，就顧不了那麼多了。

人總有幸與不幸的，貧窮孩子，當街挨打，當眾罰跪是多麼令人傷痛啊！

一想到他無助地望著他姊姊手中的棍子，我不禁熱淚滿盈，好像失去了什麼。

現在回想起來，已經不像當時那樣痛苦了，時間也變了，在回憶中沒有喜樂、沒有仇恨、沒有眷念，沒有悲傷，像是一條細絲把我繫著，那是童年啊！是人人歌頌的童年啊！

在這些追憶中，也使我嘆息，今日的孩童，又太過鬆弛了，他們的歡笑容或比我多，我卻親身体驗竹條下的生活，使我從孩童的夢幻中驚醒，步入要磨、要煉、要奮鬥、要生存的真實人生。

我這樣說，也許有點離題，但卻是我的感受，人一直在被壓抑下求生存，不是別人的壓力，就是自己本身的壓力，生命像是從石縫中擠出來的，被挫、被磨就開花、結果；當初你所不願意的，將來會成為你莫大的幫助，有一天會成為你的肌肉、骨隨的一部份。那時候，你會帶著笑容訴說往昔的艱辛。

淚水隨著竹條揮舞的日子已經過去了，幼年的創傷早已痊癒，在心坎上留下的是深刻的教訓，當日泉湧般的淚水，灌溉了今日堅強、挺拔的生命！

就是現在我只要到勝利路口的小橋下站一站，眼前立刻出現了外祖父、外祖母、鐵路的奶奶和林阿公的面孔，雖然如今他們都不在人世了，但在我幼年時，他們是那麼真實地活在我的四周，以致於我提筆寫這些事的時候，他們彷彿站在我身邊。

（原載民國六十二年七月二十六日新生副刊）

蟬殼

那一年夏天，像以前每一個夏天一樣，我們這一群孩子，趁著家裡的大人們午睡的時候，相約在馬沙家的大榕樹下集合，到後山去捉蟬；中午馬路上靜得沒有一點聲音，我們手裡拿著竹竿和黏膠，躡手躡腳往後山去，抓蟬是夏季我們最喜歡的遊戲。

我們把帶來黏膠沾在竹竿的頂梢，準備捉蟬。往年一到夏天，後山的樹叢裡蟬聲此起彼落叫個不停，吸引了不少孩子，今年，說也奇怪，蟬出奇的少，儘管我們豎起耳朵，伸長了脖子，眼巴巴地望著樹梢，卻連一隻蟬也找不着。

「真煩人，蟬都到那裡去了，怎麼一隻都看不見？」我們不停地抱怨。

夏日的炎陽，曬得松樹的樹皮冒出陣陣熱氣，我、鐵路、馬沙和小毛蹲在樹下，無聊地玩弄著路邊的十字形小草。

隔了許久，鐵路說：「我們不如來摘蟬殼吧！你看，樹上那麼多蟬殼！」

「蟬殼有什麼用？」

「有什麼用？用處可大呢？」鐵路說：「蟬殼可以用來做藥材，很貴喲！我有一個叔叔在城裡開藥舖，我們可以把蟬殼賣給他，這麼多，一定可以賣好多錢！」

「是這種蟬殼嗎？」小毛有點不信。

「是啊！」鐵路接著說：「有個病人生了病，手都不能動了，後來就是吃蟬殼好的！」

「真那麼好嗎？」我們明明知道鐵路又開始吹牛了，仍不免有點心動。

「可不是！一小撮蟬殼就可以賣好幾百塊錢！」鐵路用手比了比；大伙聽了精神一振，攀著樹幹，往上爬。蟬殼附在樹幹上，像個大蠶豆，輕輕一碰就取了下來，我們把取了下來的蟬殼塞進帶來的背包。

陽光依舊十分熾烈，但一想到一小撮蟬殼就可以換一堆錢，熱一點也算不得什麼了。

「我要買一個棒球手套，我想了好久了。」馬沙一面摘蟬，一面說。

平常我們玩棒球的時候，總是把帽子翻過來套在手上當手套，有時投球的人用力過猛，雖然用帽子墊著，手心依然十分疼痛，因此馬沙想買一個棒球手套。他臉上露出微笑，彷彿棒球手套已經到手了。

「你想買什麼？」馬沙問我。

「我想買一雙溜冰鞋，穿上它在中山堂神氣一番。」

溜冰鞋是我夢寐以求的，每天晚上我看見別人穿著溜冰鞋在中山堂中間的水泥地上滑來滑去真是羨慕。母親答應我，只要我考前三名，就送我一雙溜冰鞋，我心裡明白，照我現在的成績，能勉強及格就不容易了，考前三名，談何容易！因此，平時我連想都不敢想，現在不同了，有了蟬殼可以賣錢，有了錢可以買溜冰鞋，想到這裡，我不由自主地笑了，勝利路口那家商店櫥窗裡綠底發亮的那一雙溜冰鞋，我已經留意好久了。

看見我們做得那麼起勁，鐵路和小毛也興致勃勃地忙起來。

小毛說，他要買一把萬能力，那是一種具有多種用途的刀子，可以當刀子、起子，又可以用來開罐頭，還可以當鑽子用，我們曾經在石佳雄家裡見過一次；鐵路說，他也想買一個棒球手套，我們笑他學馬沙，他發誓說：「我不是學他，我老早就想要一個棒球手套了。」

我們先摘取接近地面樹幹上的蟬殼，摘完了，再爬上樹幹，摘取樹枝上附著的蟬殼，也不知過了多久，天色漸漸暗了，我們把摘下來的蟬殼塞滿了帶來的背包，心裡想：這麼多蟬殼，足夠買那些我們想要的東西了。

我們高高興興地往山下衝，一面跑一面喊，叫聲迴盪，整個山谷都充滿了我們歡愉的回響，歷久不衰。

到了山下，我們決定先找一家不認識的藥舖試試，於是選定了東門街的一家葯房；鐵路站在最前面，接著是馬沙、我和小毛，馬沙推推鐵路：「進去吧！」

「我有點怕。」鐵路說。

「有什麼好怕的？」

就在我們推推拉拉的時候，門開了，一個胖嘟嘟的中年人站在門口：「你們要做什麼？」鐵路指指馬沙，馬沙看了我一眼，我拉拉小毛的袖子，小毛只好開腔：「我們想賣蟬殼！」

「蟬殼？」他一臉狐疑，我們把背包的口袋打開，他順手拿出來幾個蟬殼：「太小了，太小了，我們用不着！」他搖搖頭，又把蟬殼放回背包。門關了，我們的心開始下沉。也不記得是怎樣走過馬路的，我們倚在大馬路旁的電線桿上，久久說不出一句話。

過了許久，小毛說：「我們到鐵路的叔叔那裡試試吧！」大家跟在鐵路的後面，到了城隍廟旁的小巷子裡。「你們在這裡等一等，我先進去。」鐵路手裡提著那包似乎比他還重的背包走進葯房，我們就在巷口痴痴的等他。

許久，許久，鐵路走了出來。

「老板買了我們的蟬殼，不過只賣了六塊錢。」

我們拿著六塊錢，到冰店叫了四杯冰水，望著店舖的大玻璃出神，不用說，棒球手套、溜冰鞋及萬能刀全泡湯了。

這件事發生到現在已經二十多年了，自從那時候起，每當我對某些事情懷著無比的嚮往，心中燃起希望的火花時，我會不由自主地對自己說：那不會再是一堆蟬殼吧！在已過的日子裡，雖然有不少願望如期實現，但也有許多期望，就像幼年時期的蟬殼一樣，最初是懷著無比的希望，到頭來卻是一場空，惟一不同的是，因著年歲的增長，對於希望的幻滅所帶來失望的痛苦漸漸減輕，再也沒有當初那種痛苦的像是全世界都變了的那種感受了。

（原載民國七十二年十月號台塑企業雜誌）

剝樹皮的日子

外面下著毛毛雨，冷清清的柏油路上濕淋淋地，一個人也沒有，我、鐵路、石頭和馬沙坐在棚子底下，望著馬路對面的木廠發呆。

遠在好幾天前，山上運來了許多木頭，木頭上長滿了許多青苔，自從這批木頭運來之後，我們放了學總會隔著欄杆看個不停。

說我們好奇吧！也不盡然，我們住的附近，平時沒有什麼好玩的地方，惟一可以去玩的，就是鐵路那邊那個大倉庫，可是也只有倉庫管理員要僱用臨時工人縫麻袋的時候，我們才能跟在大人後面進入倉庫，在那個高低不平的米倉裡捉迷藏，一旦倉庫關了門，我們簡直不知道到那裡去玩，玩些什麼？

我們住家的對面有一個木材廠，那些比我們年紀稍大一點的孩子，總喜歡手裡拿著銼刀，躲在木材廠大門邊，趁工人上班的時候，混進木材廠，剝些樹皮回家當柴燒，又可把多餘的賣給附近收買樹皮的人。

工廠的工頭，很討厭孩子們進來，要是發現孩子們在剝樹皮，就會拿著棍子，死命地追趕……。

木廠裡有十幾部四輪小台車，台車在軌道上行駛，那些小軌道依木廠的地形鋪設，十分曲折，是工人為搬運木頭而設的，大孩子們經常把車子推向斜坡的高處，然後再坐在車子上，任由台車順勢而下，車上的人怪聲高叫，我們這些隔著欄杆觀看的人，一看到這種情形，羨慕得心都飛了出去，他們又故意讓台車快速經過濕淋淋的水窩，水花四濺，弄得全身是水，卻掩不住他們內心的喜悅。

木廠西北角，有一棵古老的榕樹，枝葉扶疏，大孩子們經常爬上去偷鳥蛋。

……

小雨依舊下個不停，馬沙拉了我一把，隨即站起來，我、鐵路和石頭彼此看了看，也一塊站起來，我們赤著腳穿過馬路，站在木廠的籬笆外面，馬沙一隻手攀住籬笆的木欄杆，另一隻手提著籃子，籃子裡放著銼刀，忽然他把籃子、銼刀拋進木廠，接著他的身子像燕子一般，從籬笆上翻過去；落地後，他又像兔子一樣閃到一根大木頭後面躲起來。

我們這其餘的人也像中了邪似地，紛紛把手中的籃子、銼刀拋進木廠，一個個翻身而入。

當我們赤著腳踩在那又濕又滑的木頭上，粗糙的樹皮扎疼我們的腳心，我們才確知自己已進入木廠，等到我們從木頭上跳下來，想到夢寐以求的心願終於實現了，內心欣喜萬分，不停地在地上跳躍。

坐上台車，讓雨水不停地打在臉上，我們才真正體會其中的滋味，多麼美妙啊！我們揀了木棍塞入台車前輪的空隙，當做台車的煞車，台車走走停停，在木材堆裡穿梭，忽快忽慢，我們沿著小鐵路採了許多木耳、小黃花以及化石……裝滿了口袋。

下了台車，我們一個接一個進入鋸木廠，黑漆漆的，什麼也看不見，不一會兒，我們已習慣了黑暗，摸索著進入鋸木廠底下貯存鋸屑的地窖；地窖又冷又濕，地形彎曲，但對我們來說卻充滿刺激，不久我們就到了地窖的出口，順著外面照進來的光線往外看，頭一個映入眼簾的就是那棵古老的榕樹。

從榕樹底下向上看，原來主幹上早已釘了一條條木條，是供人攀爬的，我們順著木條往上爬，在樹上學泰山的樣子，四處眺望，高聲呼叫：「哦—喔—哦—」，回聲四應，宛如置身仙境。

玩了大半天，該玩的都玩過了，大伙兒拾起地上的銼刀和籃子，準備剝樹皮了，樹皮因受雨水浸濕，已經變軟了，用銼刀輕輕一劃，樹皮就應聲而下。

馬沙和石頭躺在草地上，面對著一根大木頭朝地的那一面，全神貫注的剝樹皮了，我躺在一根粗糙的大木頭上，手裡拿著石頭敲打銼刀，為了把銼刀底下的樹皮剝下來，口裡還哼著「白雪公主」電影裡面，七矮人工作時的曲子：「嗨哦！嗨哦！嗨哦！嗨哦！」

只有鐵路，不幹活，只顧著在木頭上跳來跳去。

不知道過了多久。

我感覺旁邊好像有東西，下意識地回過頭去。

忽然，我看見一雙大腳。

太突然了，我們嚇得說不出一句話。

大伙兒呆呆地站著，那人一直注視著我們。

「孩子們，這真有那麼好玩嗎？能快樂總是好的。」他說得很慢，好像在回憶一件事情。

說著，說著，他有點咳嗽，用手摀著嘴。

我們輕輕地移動腳步。

「要走了嗎？」他還是發現了。

我心裡想：糟了！這老頭子不曉得要怎樣整我們。

「要走，走那個門好了。」老人指著大門旁邊那扇半掩的小門。

我們正要走。

「等一下。」老人指指地上的銼刀。

我們把挫刀拾起來。

「這些樹皮怎麼辦？」老人彎下腰，顯得有點吃力：「你看，費了那麼大功夫，剝了一地的樹皮，也不要了。」他竟開始把地上樹皮揀起來，放進我們的籃子裡。

我們正驚訝地注視他，他竟走過來，拍拍我的肩膀：「孩子，去把地上的樹皮揀乾淨，一塊也不要留下來；下次我把大門打開，你們可以從大門進來，不要再爬籬笆了。」

老人說完了話，轉身走了。

我們用最快的方法，把剝下來的樹皮放進帶來的四個籃子裡，當天下午我們就把樹皮賣給附近收購樹皮的人家，一共賣了六毛錢，我們用這些錢買了十二支冰棒。

那次以後，我們再也沒有見過那位老人，有人說老人就是木材廠的主人，但是傳說中木材廠的主人是極嚴厲的，那怎麼會是他呢？

從那天起，木廠的大門就打開了，打開之後，就再也沒有關過，我們可以隨心所欲地進出木廠：玩台車、爬樹、剝樹皮及在木材堆裡捉迷藏，再也沒有人禁止我們，一進入木廠，我們沒有一次不是在薄暮中盡興而返的。

直到如今，我們這群當日住在木廠附近的孩子們，還念念不忘孩提時代那一段快樂的時光。

（原載民國七十一年十月十八日新生副刊）

天太熱，我們採菱去

學校旁邊有一個湖，湖裡長了許多菱角，我們的教室正靠近湖邊，上課的時候，風吹動湖邊的蘆葦，同學們都不由自主地望外看，老師一再提醒我們，上課要專心聽講，不要看外面，但窗外的景色實在太迷人了：有湖，湖邊有竹筏，湖中有菱角，這一切的一切都使我們情不自盡地往外看，一下課就往湖邊衝，湖邊的竹筏可以坐四、五個人，早到湖邊的人就可以搶到竹筏，划到湖心去採菱角，晚到的人只有乾瞪眼的份。

那一天還沒有下課，我就偷偷地把鉛筆、便當放進書包，桌上只留下一本書，我決定一下課，就抓起書包和課本往湖邊衝去，好歹也要划划竹筏過過癮；下課鈴一響，我們起立向老師敬過禮後，我就衝向湖邊。

這一次我果然等到了，我是第三個到達湖邊的人，在湖邊的沙地上，我把昨天才買的球鞋脫下來掛在樹枝上，以免水弄濕了鞋子，就和其他三位同學上了竹筏往湖心划去。

竹筏在清風中像一片葉子，靜靜地在湖面上滑行，風從蘆葦中吹過來，涼涼地吹到臉上，四周都是碧綠的湖水，心裡實在高興極了，竹筏很快就划到湖心，我們順手把竹筏附近的菱角葉子翻開，希望能找著一些菱角。

大大的菱角葉子下面，卻找不著一個菱角，竹筏繼續往前划，竹筏停在一堆禿禿的水草中，我們用手撥開水草，讓竹筏通過，卻意外地發現禿草底下有許多菱角，我們把菱角拉到竹筏上，菱角和水草都上了竹筏，我們打算等上了岸，摘下菱角再把水草放回湖裡，也不知過了多少時間，整個竹筏除了人站的地方，其他的地方都堆滿了水草和菱角。

竹筏靠了岸，大夥兒合作把菱角摘下來，竹筏上有四個人：鐵路、石頭、馬沙和我；鐵路去綁竹筏的繩子，石頭和馬沙整理竹筏上的菱角，我留在竹筏上把菱角的葉子和水草放回水中，這時鐵路忽然大叫：「有人來了，快跑！」

鐵路丟下手中的繩子，石頭和馬沙把菱角往地上一放，拔腳就跑，繩子因為沒有綁在岸邊的石頭上，眼看竹筏就要漂向湖心，這時一個黑影閃出抓住繩子，把竹筏拉向岸邊，天很黑，我看不清那人的面孔。

「水很深，你不怕掉下去嗎？」那人問我。

「這湖是你的嗎？」

那人點點頭，說話出奇的溫柔：「湖裡有漩渦，一掉下去就上不來，我的孫子就淹死在這湖裡。」

我回頭望望湖水，不由地毛骨悚然。

「回家吧！家裡的人在等你。」他揮揮手叫我離開。

第二天上學鐵路他們問我，湖邊那個人是誰？和我說了些什麼話？我結結巴巴地說不出來，他們說我一定是被那人嚇壞了。

從那一天起，我再也沒有去湖邊划竹筏。

（原載民國七十九年八月十五日台灣副刊）

挖荸薺

我們學校附近有一塊幾畝大的荸薺田，每到採荸薺的時節，一到下午，我們人雖然仍在教室上課，心卻早已飛到荸薺田那裡，下課鈴聲一響，把椅子往桌上一放，就飛也似地衝出去，性子急的同學，甚至連校們也不走了，乾脆翻過學校的矮牆爬出去，等學校的老師發現，大叫的時候，翻牆的同學早已過了馬路，跑的無影無蹤。

童年時期我們很喜歡挖荸薺，荸薺長在荸薺田裡，初時荸薺田裡除了黃土及泥水外，什麼也沒有；像是尚未插秧的稻田一樣，每天下課，我們經過荸薺田都會不自主地留意荸薺的生長，一面看一面等待，慢慢地田裡長出像細蔥一般綠油油的小芽，一隻隻筆直的像竹箭似地插在土裡，我們仍然耐心的等著，直到莖兒發黃，被炎夏的烈日晒乾了；農夫們把成簍成簍的荸薺運走，放棄這塊地之後，我們就拿著鏟子衝向田裡，低著頭用木條、小刀及鏟子敲開每一塊尚未被敲過的泥塊，特別是靠近田埂，農夫的鋤頭搆不到的地方。對我們來說，每一塊泥塊都可能藏著荸薺，即使再小的泥塊我們也不放過，因為經常那些又小又不起眼的泥塊，藏著又大又甜的荸薺。一旦我們敲開土塊，赫然發現了荸薺，我真不知道怎樣形容心中的感受，在那一剎那，彷彿世界上沒有一樣東西能和它相比，雖是一粒小小的荸薺，但在我們眼裡像是一顆珍珠，帶給我們無限滿足。

不是每一塊泥土都藏著荸薺，有時我們敲碎了許多泥塊，卻找不著一個荸薺；或許是老天特別垂顧孩子們吧！每當我們打開幾塊泥塊，一無收穫而感到灰心時，總會適時出現一、兩個荸薺，像是老天刻意放在那兒留給我們的。這些突然出現的荸薺，有時是在一塊被別人丟來丟去認為絕不可能有荸薺的泥塊裡，有時是在腳底下已經被踩平的小泥塊裡，找到荸薺使我們精神大振，我們不禁想到：連這塊小泥塊裡都有荸薺，荸薺田裡一定還有不少荸薺啊！於是大伙兒更殷勤不懈地挖掘起來。天色漸漸暗了，直到我們實在分不出什麼是泥塊什麼是荸薺，才把挖到的荸薺收拾起來，回到家裡攤開手帕，數了數總該有十來個吧。我們把荸薺洗淨、煮熟；自己親手挖的荸薺吃起來格外香甜。

第二天下午一下課，我們又不約而同地下了荸薺田。一連好幾天，直到田裡每一寸土地都被我們翻過了，每一塊泥塊都已打碎，我們才不再挖了；儘管這樣，仍有幾個不死心的同學，蹲在田裡，不停地挖……。他們不太像是挖荸薺，卻像是在尋找那包藏在泥塊裡的希望以及孩童的歡笑。等我們挖完了荸薺，荸薺田恢復了往昔的平靜，一切都停止了。然而我們都知道明年夏天一定會有更多更大的荸薺。我們都這樣期盼著。

（原載民國七十二年十一月三日新生副刊）

南瓜湖

這一次房子改建，南瓜湖必須被填成平地，改成公園，不久之後，我再也看不到我童年生長的地方——南瓜湖。

我們剛到台灣的時候，人生地不熟，一時之間找不著住的地方，那天天色已晚，我門來到一排倉庫的前面，倉庫的走廊很寬，我們就用床單當作幔子，圍成一間小小的房間，暫時就住在這間倉庫的走廊下。

倉庫旁邊有一個清澈的小湖，湖邊長滿了南瓜，我們就叫它南瓜湖。

每天早上我和弟弟就在南瓜湖邊，把南瓜的葉子摘下來，拋向湖中，葉子像隻隻小船，在湖面上漂來漂去，我們又把葉莖取下來，把莖上的絨毛去掉，然後把葉莖當作喇叭，向著天空呼叫。

南瓜湖畔有一個獨身的老乞丐，每天蹲在路邊，向過路的行人乞食，人們把零錢放進擺在老乞丐面前的破碗裡，又把白米塞近他身旁的白布袋裡。

有一天外祖父帶著我去老乞丐那裡，他把一些白米塞近老乞丐的布袋裡，輕輕地說：「他比我們還窮啊！」

在走廊下住的日子並不很長，不久我們就在倉庫附近找著一間可供棲身的木造屋子。

我們雖搬離倉庫，但因著新家離南瓜湖很近，我們仍經常到南瓜湖那裡去。

風兒吹動湖面起了陣陣漣漪，我們的童年就在清風、碧綠的南瓜田以及白雲滿天中度過。

即使後來我們漸漸長大，不再年少，我們仍喜歡去南瓜湖走走，看到南瓜湖就使我們想起從前，南瓜湖一直都告訴我們，即使在昔日艱辛的日子裡，我們依舊擁有一個歡愉的童年。

（原載民國八十一年八月十四日台灣副刊）

夜笛

遠處傳來悠揚的笛聲，似哀、似怨、似愁、似恨……，它夾雜著無限的尾音，施施而來……

也不知道過了多少時間，總之，那笛聲帶給我一陣幽思。

兒時，每聽見這笛聲，總會看見一個老人、一隻鍁子和幾根木槍。笛聲一起，那靈活的猴子，便在那栓好的繩索上，前前後後地走著，忽快、忽慢，有時猴兒像站不住腳，從繩子上幾乎滑下來，引起孩子們一陣叫聲，接著，猴子又一躍而起，向驚慌的孩子做個鬼臉，這才曉得，那猴精是騙人的。老人的笛聲，就只吹那個調兒，初聽起來，有些散漫，慢慢地孩子們像着了魔似地，跟著老人；只要笛聲一起，孩子們便三五成群地來了。這些失學的孩子，如今笑容滿面。他們給猴子起了個名字，叫「老黃」，孩子們看見老黃就拍手。

兒時，那一片廣場，幾隻木槍、猴子和老人……，都已不見，如今廣場上起了一排樓房，房中傳來吵雜的機器聲：我傾聽著，巴望從裡面拾回一點兒時的影兒，但我敢說，再一百年，一千年，我再也聽不到那笛聲，再也看不到那機靈的鍬子，那閃閃發亮的金色木槍和那和藹的老人。他們代表著上一代的美麗生活，而今，那熟悉的笛聲，遠了……遠了……。

（原載民國五十六年元月二十七日中央副刊）

散步

小時候，每次吃過晚飯，母親都會對我們說：「我們出去走走，散散步，回來以後你們就要寫功課了。」

我們家對面是一個木材廠，晚上工人都回家了，母親帶著姊姊和我，經過剛從山上運下來的大木頭旁邊，我們聞到陣陣撲鼻的木頭香，有時，母親心情特別好，就會帶我們過馬路，到附近的牧場去看成群的羊兒吃草。

母親的心情也有不好的時候，那時她會對我們說：「你們留在家裡做功課，我出去走走。」我們聽母親這樣說就知道她要獨自散步了，這時候，母親的臉色通常都不大好看。母親出去之後，我們開始做功課，過了一段時間，還不見母親回來，父親就會叫我去，看看母親到那裡去了，順便把母親請回來。遇到這種差事，我都不大願意，因為不知道母親的心情好一點沒有？是不是還在生氣？但我的顧慮總是多餘的，每一次我到鄰居那裡去找母親時，我還沒有進門，就聽見母親和鄰居高高興興談天的聲音，好像根本不曾有過不愉快的事。母親一見我就說：「你看，孩子來找我了，天一定很晚了，我要回家了。」

母親回家，一切和以前一樣，我們繼續做功課，母親坐在我們身旁織毛衣。

我們漸漸長大，像鳥兒一樣，各自有了自己的窩巢。

然而，我仍舊喜歡散步，散步時偶爾想起幼年時期和母親一同散步的往事，心裡頓覺無限溫馨，現今的世界雖然和以前大不相同，我的心情卻仍像幼年時期那樣，安詳又舒適。

（原載民國八十一年五月二十四日新生副刊）

吾愛吾家

過了華江橋不遠，有一棵高大的榕樹，樹齡已有五十幾年了，這棵榕樹原來是盆景，是從老遠的地方搬來的，榕樹的主人把它栽在這裡也有十五個年頭了。白天，孩子們在樹下遊戲，到了晚上，上了年紀的人就來到樹下閒話家常，談古說今……，我們的家就在這棵榕樹旁邊。

牆是紅磚砌成的，打外面看只能看見牆頭上冒出的七里香、高大的芒果樹以及綠油油的竹蘭。外面的人想要更多瞭解這一家人，怕也不容易。因為有兩個門，連初次送信的郵差先生，也免不了要問：「到底那一個是十九號？」

一扇門是住家的大門，它是經常關著的，另一扇門是緊接著住家的店舖大門，通常我們出入都經過這扇門。進入這扇門，你才能看到這個家的一點外貌。

牆角種的是石榴和茶花，花樹不高，卻生意盎然饒富情趣，與伸出牆外的七里香、芒果樹迥然不同，儼然另一世界。

園子當中是一個棚子，再往裡面走，就是客廳和臥房。

建造這些房子，頗有一點來歷：

當年這些房子是蓋在靠近新莊的淡水河邊，波蜜拉颱風過境，河水倒灌，屋子裡進了水，門窗也被水淹沒；為了生命與財產的安全，當地的居民聯名請求遷建，經過許多波折，終於在現在這個地方買了地，地買好了之後，建材的來源又成問題，後來決定把原來淹過水的屋子拆掉，將拆下來的門、窗、木料以及磚塊運到新址，照舊屋的大小式樣依樣葫蘆地蓋起來，那一次「移植」的房子共有二十棟，我們的家就是其中的一棟。

每一棟新居的門窗都曾歷經風雨的摧殘。

家中的每一個人，都在舊時的門窗下，度過無數個風雨飄搖的夜晚。

剝開門窗上深深的油漆，你似乎可以嗅到泥土的氣息，在這個窗子下，我度過許多年歲。

我們曾和父親一同盤膝坐在床上分花生米吃，也曾陪著母親圍著爐子烤小妹的尿布，屋子裡充滿那種特殊的氣味；在這個屋子裡，我們為弟弟祝福，把他送上赴美的飛機，兩年之後，我們又在同一個屋子，為他接風，吃著他從美國帶回來的核桃。

像保護舊時的古蹟一樣，除了朽壞的木頭我們換成新的之外，新居一直保持舊居原有的樣子。

屋子的建築是這樣的。

客廳朝東，四坪見方，左後方是一間與客廳同樣大小的臥室以及另一個隔間的長形臥室；與臥室連接著的是廚房和廁所。

說起來屋子的構造是蠻簡單的。

父母親就帶著我們五個孩子，擠在兩間一共不到七、八坪的臥室，小時候我們時常為了爭床鋪，鬧得天翻地覆，日子的確夠艱苦了。

民國五十六年我自學校畢業，去服兵役，不住在家裡；姊姊也在那一年出嫁，次年弟弟又住進學校的宿舍，家中一下子少了三個人，屋子剛好夠住。

爸和媽住一間，小弟和妹妹就分開住在另一間隔間的長形臥室。

等我服完兵役，出去做事，家裡稍微寬裕一點，我們就把廚房後面加蓋出去，把餐桌從客廳搬到廚房，舊廚房改為餐廳，這是我們第一次有了正式的餐廳，那時我已經是二十八歲的大孩子了。

還記得，那天我們一家人圍坐在餐廳裡吃飯，心裡充滿感激，父親領著我們向我們所信的神獻上內心深處的感謝。

不久我和弟弟合買了洗衣機，這是媽媽親手為我們洗了三十年衣服後，第一次改用洗衣機。

後來我們又為母親買了不銹鋼廚具，廚房也舖了磁磚。

緊接著是我的結婚以及弟弟自美學成歸來。

我們在爸媽臥室後面加蓋一間五坪多寬的房子，作為妹妹的臥室，那時小弟正好服役，他的臥室就改為客廳，客廳長長的，正好放得下我們新買的十六吋彩色電視機，原來的客廳粉刷後成了我和妻的新房。

我結婚後這一年除夕，我們坐在長方形的餐桌上，為了家中又添了一個人滿心歡喜。

在過去艱困的根基上，我們建立了一個舒適的家，一個能讓一家人歡欣的家。

每逢年節，我和姊姊及弟弟、妹妹們都格外喜歡回到這個屋裡，嚐嚐母親親手做的虎皮凍、辣椒醬以及香腸，那時父親多少會提起在海的那一邊那個更老的家，那裡的四合院、田野和雞舍，自我幼年時就銘刻在心了。

（原載民國六十五年九月號台塑企業雜誌）

小舖

那天下著小雨，父親提著皮箱從外面回來，他穿著一套老舊的西裝，站在門口的大榕樹下，我自小見慣他穿軍裝的樣子，頭一次見他穿西裝，西裝稍微寬了一點，穿在父親瘦長身體上，顯得有點不相稱。

他把皮箱放在地上，雙手一攤，對我們說：「我退伍了。」從那一天起，父親結束了四十五年的戎馬生涯，成了道道地地的老百姓，開始過一種與軍旅生涯完全不同的平民生活。

父親在軍中時，待遇本來就很微薄，退役後支領原來薪水的八成，用來養活一家七口，生活更是清苦；原先父親打算退役之前先找個工作，既可以賺一點錢貼補家用，也可以打發退役後的日子，誰知道事與願違，多半是因為年紀大了，再加上軍旅生涯也沒有什麼特別的技能，所以一直到退役那一天，還沒有找着合適的工作。

「我們就把靠近馬路的那間屋子，收拾收拾開個小舖吧！」母親說。

以前為了貼補家用，母親幫人家縫過麻袋、織過毛衣也養過雞賣過雞蛋，開小舖這還是第一次。

我們一家七口，除了大姊在外地求學不住在家裡外，剩不六個人擠在三個房間裡，既然要空出一間來開小舖，我們六個人只得擠在剩下的兩個房間裡，父親、母親和小妹住一間，我們兄弟三人住另一間。

既要開小舖，父親就忙著辦理小舖的營業執照以及訂購貨架子；母親就帶著我們籌畫到底要賣些什麼東西？像是大橋底下的芋頭冰、迪化街的豆鼓還有後火車站的文具，凡我們想得到的，都一一寫下來準備採購。

開張那一天，鄰居送來了兩幅鏡屏，一幅是山水，另一幅畫了一隻老虎；我們全家動員佈置，中間的貨架上放著花生、綠豆、麵條、衛生紙及火柴等雜物，前面的玻璃櫃上放著小孩子喜歡吃的糖果，我們故意把糖果放在前面是為了吸引孩子們注意，路過的孩子看見糖果總會忍不住買一點吧！

天依舊下著小雨，我和父親一同站屋簷下，眼巴巴地望著來往的行人，總希望他們會拐進小舖來買些東西，我們盼了又盼，等了又等，久久不見一人，最後來了一個賣斗笠的，父親叫住了他，對我說：「斗笠用得著，我們買幾個留著賣吧！」我們買了六個斗笠，但這些斗笠就一直放在小鋪的閣樓上，一個也沒有賣出去，這倒是當初我們始料未及的。

小鋪一開張，家裡每一個人都忙了起來，父親和母親輪流照顧生意，我和弟弟就利用放學回家的時候，到附近的批發店去買些貨回來賣。

每天早上小鋪一開門，父親就忙著清掃大榕樹的落葉，接著就拿起抹布擦拭小鋪的瓶瓶罐罐，日子一久，小鋪賣的東西越來越多，除了醬油、麻油、花生米、白糖、麵條及罐頭之外，我們也賣文具、膠布及電池等小東西，甚至連電開關用的保險絲都賣。

我和弟弟放學之後，到批發店買貨，因為買的數量不多，又離家不遠，倒還可以應付；但有時候，要從我們住的地方—板橋騎腳踏車到萬華去買貨，那時候，我和弟弟放學回家，不但要溫習功課，還要去買貨，負擔着實不輕；或許是太累了吧，弟弟騎車子去買花生及綠豆，一不小心車子倒了，我去看他的時候，他正蹲在地上，把撒了滿地的花生一顆顆撿起來。

小鋪打烊之後，我們坐在小鋪裡寫功課，看著父親數著當天的收入，我們心中有一種說不出的快樂，每一塊錢都有我們的血汗。

有一年夏天，小鋪遭小偷光顧，小偷在小鋪的閣樓上吃了花生，喝了汽水，臨走的時候，還留了一張紙條，上面寫著：謝謝，我走了，我們生氣之餘，還要清理他留下來的花生殼以及空汽水瓶。

東西賣出去之後，有時不能馬上收到錢，因此每過一段時間，我們就要去收帳，母親對我說：「你是長子，要辛苦一點。」於是帶著我挨家挨戶去收帳；有的人家會連連道歉，然後把所欠的錢付清，有的人會拉長了臉，只說了句：現在沒有錢，下次再還，就把門關上。要帳的滋味真不好受。

開小舖每天都有收入，以前每逢我和弟弟開學的時候，爸爸媽媽就張羅著向鄰居借錢，給我們繳學費，現在一到要開學的前幾天，母親就會對父親說：「這幾天不要忙著進貨，把錢湊一湊好給孩子繳學費。」

後來眷區改建，我們搬到別的地方去住，小舖被拆除，小舖旁的大榕樹也被移走。有時我還會想起以前冒著大雨，一手按著疼痛的胃，一手握著腳踏車的把手，腳踏車的後座上還放著整箱的雜貨，從迪化街朝光復橋衝的那一段艱苦的日子。

小舖雖已消失，但我從小舖那裡經歷的種種，像烙印一樣永不消失。

（原載民國七十九年四月二十一日新生副刊）

小閣樓

小舖後面有一個小閣樓，原先是我們睡覺的地方，等到我們長大了到外地唸書，小閣樓就空了出來成了倉庫。每次大掃除那些捨不得扔又用不著的東西，我們就往小閣樓上扔，一扔就是十幾年。要不是這次房子改建，我們必須搬家，我們還不會清理閣樓上的東西。

小閣樓上放著我唸中學的那一本紀念冊，上面有老師、同學留下的話，紀念冊前有一張我留平頭的照片，樣子很好笑。我最小的弟弟在紀念冊上寫著：「你去那裡了？你媽媽在找你，一年有四季春夏秋冬。」字跡歪歪斜斜，那時弟弟剛學會寫字，他把自己所知道的字都用上了。

小閣樓上有一個玩具木馬以及一個玩具飛機，木馬只剩下馬頭，飛機底下的四個輪子只剩下一個，這兩樣東西遠在大兒子出生前我就買好了，那時還不知道會生兒子還是女兒，有一天經過敦化北路碰到大拍賣，就買了一個木馬、一個飛機。後來三個孩子相繼出生，這兩樣東西大大地派上用場，因此雖都殘缺了仍捨不得丟。

小閣樓上放著十幾個燈籠，我小時候每年元宵節父親都買一個燈籠送給我，燈籠有大有小，有圓的有方的，元宵節一過就往閣樓上扔。等我自己做了父親，每年元宵節我照樣買燈籠送給孩子玩，孩子玩膩了照樣往閣樓上扔，幾年下來閣樓上到處是燈籠。雖說不值什麼錢，但當初也是花錢買的，實在浪費，一面收拾燈籠一面責備自己。

小閣樓上還放著我們小時後的日記、作文和週紀，父親曾說這些是我們舊時生活的影子，丟不得，有的已經淹過水，但曬乾之後還是被留了下來。我翻開一本舊日的作文簿，有一篇描寫「木柵那條老街」的文章，當時的感覺，當時的描述，現在我再也寫不出來了。

小閣樓上放著母親少女時代的辮子，這條辮子從江蘇到廣州，一直到台灣都隨著我們。小閣樓上有小妹小時候的照片，現在她雖已身為人母，但從照片上仍然可以看得出昔日頑皮的模樣。

小閣樓上存放的不僅是一些舊時的東西，它存放的是伴著我們長大的溫馨往事。

（原載民國八十二年十月六日新生副刊）

舊居

舊居是一間七坪多大的平房，是我們初來此地的時候，一位木材商人借給我們住的，他為了幫助我們，也沒有向我們收房租，父親戎馬一生，迄無立錐之地，想不到會在國家遭逢變亂，政府遷來台灣的時候，遇到這位善心人士林合發，慨然將木材行裡這間房子空出來，供我們一家八口棲身，更想不到一住就是八年，我在這間房子裡度過了我的童年，這就是我要說的舊居。

舊居的屋頂是雙層竹片及鐵皮鋪成的，屋樑上第一層是鐵皮，鐵皮上面再加上兩層竹片，因年代已久竹片已經變成黑色，外表不很出色，屋子因有竹片遮蓋，即使是炎炎夏日，我們也會享受到意外的陰涼；屋子的牆壁原本是舊木頭釘的，我們搬進來之後，父親把牆壁及屋頂都糊上白報紙，當夜晚關上門開了燈，我們就深深地被這「紙屋子」的特殊氣氛所吸引，在這個小天地裡，我們一家人聚在一起，把世界帶給我們的煩惱、憂愁都關到門外。

每當吃過晚飯，收了碗盤，我們孩子們第一件事就是做功課，而這件事又是我最不樂意做的事，因而在熒熒燈光下，我常常不自覺地進入夢鄉。

舊居的後面有一塊長形的空地，外祖母在空地上種了葱、蒜，但在我印象中從來沒有吃過老人家親手種的葱、蒜，是捨不得呢？還是那些葱、蒜還不能吃？現在記不得了。

屋後有一棵枝葉茂盛的油加利樹，這棵樹像巨無霸似地矗立著，樹幹粗大，即使在風雨交加的夜晚，家裡的人叮嚀我們不要站在樹下，我們望著他茁壯的身軀，還是對它滿有信心，心裡想：在這樣結實的大樹下，還怕什麼！

離屋子不遠，有一個池塘，原先是種菱角的，每當菱角盛產的時候，孩子們就划著竹筏前往採菱。有一年，孩子們像往年一樣前往採菱，不知什麼原因，竟找不著一個菱角，從此之後，沒有人再到池塘去；漸漸地，池塘中長滿蘆葦，我的童年大都坐在池塘邊，嘴裡銜著南瓜莖，向著平靜的湖面吹氣。

初時，七坪多大的屋子，還夠我們住的，慢慢的我們長大了，屋子顯得十分擁擠，當木材行的老板知道我們屋子不夠住時，就把屋子對面一間舊倉庫借給我們住；這間倉庫原來是存放金屬物品的，為了安全門特別厚，父親就安排我和外祖父住在那裡，父親說：「男孩你最大，要學習自己照顧自己。」

因為門厚又重，我那時才八歲，所以每次開門、關門我都費很大力氣。但一想到凡事要自己動手，就不肯找別人幫忙。我睡的床是舊木箱子堆起來的，床的高度齊胸，所以每次我上床都要先跨上小板凳，再爬上床。自從住的地方換了，除了每天晚上寫功課的時間之外，大部份的時間，我都在我自己的房間；我仍舊不喜歡唸書，一回到屋裡，我就和外祖父下六子棋，一老一小，經常沉迷於此，混然忘我。

在舊居的第四年，我剛滿九歲，外祖母去逝了。在我的感受中彷彿一間屋子裡，突然少了一座暖氣爐似的，我愴然若失，這是我在舊居失去的第一個親人。

次年，母親生下了我的第二個弟弟，生下來不到三天，名字還來不及取就因發高燒去逝了。雖說他來到世上僅三天，但就是到現在我仍不時會想他，如果他還活著該幾歲了！他是什麼樣子！又次年，我的三弟出生，才稍稍沖淡了一些我們的哀傷。

隨著年日的增長，我自然的常會面對著屋裡的大樹出神，像是舊時的一切漸漸遠去。民國四十五年夏天，父親終於配到了一間足夠我們一家八口居住的房子，遠在板橋；於是我們全家辭別了木場的林先生和相處八年之久的鄰居；坐在搬家的大卡車上，我不時地從飛揚的塵土中往舊居張望……。

每當坐車經過新竹，從車廂裡望見平交道旁的那間竹片蓋著的老屋及那顆茁壯的油加利樹，我都禁不住想起和氣的林先生、屋子後面的大樹、屋邊的池塘以及舊居的一切。

（原載民國六十九年七月號台塑企業雜誌）

十二埒

我們從新竹搬到板橋，父親手上的紙條上寫著：十二埒三個字，我說我們要搬到十二將去住了，父親糾正我們，他說埒這個子應該唸做快樂的「樂」不是將。

十二埒位於板橋和新莊中間，緊靠著淡水河。

我小的時候，淡水河確實不像現在這個樣子、河邊是金黃色的細沙，河岸上是一望無際的花生田，夏天我們可以在河邊游水，站在樹蔭下可以望見遠處魚兒跳出水面的圖畫；淡水河既多沙又曲折，我們經常在河邊的小水池中玩水，想起河邊那金黃色的細沙和高大的蘆葦，就想起院子中央的那個生鏽了的幫浦，我們初到十二埒當地沒有自來水，我們就靠幫浦把地下水抽上來過濾之後再使用，夏日熱得冒煙的沙地再加上遼闊的河岸給人一種既寧靜又寂寞的感覺。

那時十二埒沒有小學，我必須沿著淡水河的沙灘走到搭渡輪的地方，搭船到新莊去上小學，早晨頂著初升的陽光走在細軟的沙土上，傍晚在夕陽下回到河邊的家。

家中的後院是一片沙地，我和弟弟把沙地用鋤頭鋤鬆了變成沙坑，濕潤的沙坑留下了我們兒時許多的歡笑，有時我們玩膩了就過河到對面的河岸上搭起帳蓬，過起遊牧民族的生活。

快樂的日子總是嫌短了些，就在我們無憂無慮地過日子時，夏季突然來的波蜜拉颱風把我們從快樂的夢中驚醒，河水淹沒了床鋪，淹沒了窗子，最後我們被迫離開家園到高地去避難。

水退了我們又回到住的地方，河水不再清澈，黃沙滾滾，好像河水裡淌著人們許多的抱怨，上游的沙土填滿了原本清澈的溪流，工廠裡的廢水也注入了淡水河，水更黑，泥沙更多。

一次又一次大水的肆虐，使我們再也無法享受原先它所擁有的寧靜與祥和，而離開了那裡。

我現在重來我幼時生長的地方，它已改了名字，不再叫十二埒，村子門口那條道路早已拓寬，原來我們住過平房大都已改建。

我向現在住在那裡的人提到這裡曾經淹過水的往事。

他們搖搖頭，好像這地方從來沒淹過水似地。

路邊的小教堂還在那裡，只是教友們早已離去，已經好久沒有人來了，公路旁的那塊石樁依舊在那裡，當年我初次學騎車就是撞在那根石樁上跌下來的。

十二埒，這個日據時代曾經發生過地震死了不少人的地方，曾帶給我歡樂，也帶給我悲傷；只是我每次坐車經過那裡都禁不住要對別人說：「我曾經住過這裡，這裡原本是一片金黃的沙灘……。」十二埒，畢竟是我童年時期生活的地方啊！

（原載民國八十一年五月七日台灣副刊）

颱風夜

河流像劃破黑暗的刀子。——齊瓦哥醫生

外面雨水斜斜地撲掃在窗戶上，雨不頂大，風卻不小，吹著尖厲的哨聲，呼嘯過一陣陣令人心悸的恐怖。

淡水河邊，濁浪滾滾，住在河堤附近的人，不時往河邊探視水勢，這是波蜜拉颱風的前夕。

離河不遠有一棟小洋房，旁邊水溝的水已經漫出地面，冒著水泡，孩子們光著腳丫子踩水。

家家戶戶搶著用木板把窗戶釘牢。

警車來了，麥克風傳來呼聲：「各位父老兄弟姊妹們，請注意，颱風於今晚八時登陸，為免生命危險，請七時前離開村子，離開前請將門戶釘好！」這是警方第三次催居民離家。

「不走，我說什麼都不走！」老人顯得很堅持。

「爸，何苦呢？走吧，大水馬上就來了！」女兒在一旁勸說。父女二人挽著小包袱，捲著褲管涉水，水早已漫及膝蓋，在水中走路一腳高一腳低，跌跌撞撞的。

人心惶惶，逃難的人擠作一團，扶老攜幼往前推擠，風越來越大，水越來越高。街上的國民學校和中山堂闢為臨時收容所，人們把學校的課桌椅堆到教室的角落。蓆子舖在地上，空氣濁悶，婦女把嬰孩放在蓆子上，想法子哄他入睡。有的孩子在桌椅間玩捉迷藏，大人偶而會罵一罵：「不要吵了！吵死人！」

停電了，風聲更大，有人說，大水已淹沒了那座橋。

天地一片黑漆漆，誰也不知道外面的情形。

村裡的居民，未能及時離開村子的，遭遇了不可避免的災害。

最可憐的是那個瘋子。

她住在靠近河岸的小屋，平時人們都厭煩她整天不停地哼著不成調的歌，偏巧颱風剛來的時候，人們沒有聽見她唱歌，據村子裡的人說，雨大的時候，她們聽見女瘋子的歌聲，那時河水已把屋子浸了一半；等到人們設法趕到小屋，屋頂已被水沖走，女瘋子已不知去向，水退後，人們在老遠的一堆垃圾下發現她的屍體。

有一個婦人，帶著五個孩子，最大的不過七歲，她丈夫不在家，當大家忙著逃難時，她正在整理東西，孩子們在一旁哭叫；等她整理好東西，院子裡的水已淹及膝蓋，她試著走到水中，試了幾次，都衝不過湍急的水流，最後只有退回客廳。

河水進了屋子，她把孩子放在桌上，水不斷上升。

她把箱子豎起來搆到屋頂，用棍子搗破天花板，孩子一個個被安置在天花板上的橫樑。

她帶著僅有的火柴、蠟燭、幾片餅乾上了屋，翻開幾片屋瓦，她向幼時信仰的神默禱。

孩子們的哭聲，早已被風雨聲所掩蓋。

離這一家不遠，另一家人正為兩、三個月大的孩子鋪設一個密不透水的小箱子，把孩子放在當中。

孩子的母親流著眼淚，對孩子說：「孩子，你的命苦，生下來不久，就遭遇大水，希望你漂到安全的地方……。」

他們把孩子的名字寫在衣服上，又給孩子蓋上棉被。

雖然他們知道這樣把孩子放在水中也不是頂安全，然而這是他們唯一的希望。

水淹過天花板，他們坐在違章建築的閣樓上，無助地看著四周汪汪的大水。

經過一夜，一大早，住在收容所的人，無精打采地排隊領取生命的麵包。

雨終於停了。

有些膽大的人，涉水回到村子，回來說，水已經退了。

當他們經過淡水河時，赫然發現一具浮屍，肚子鼓鼓的像是懷了五個月的孩子。

沒有一間房子是完整的，沒有一扇窗戶沒有泥水的污漬，臭氣，死雞、死貓處處可見，破傢具到處支離。

那五個孩子的媽媽，喃喃的對人說：

「水終於退了，水終於退了。」她和孩子們已經整整二十四小時沒有吃過東西了。

因著水退了，那個木箱子裡的嬰孩，便沒有被放進河流中，而保全了生命。

不久，人們收到許多衣服，海軍運來了大批食品罐頭，足夠每家吃一個月。

災後的重建工作進展的很快，有時李家為了剷除污泥來不及煮飯，鄰居會自動送上飯菜，彼此幫忙整修破碎的家園，不久，小村又恢復了往日的歡笑。

波蜜拉颱風已過去好久了，人們仍然會重提往事，我仍然記得那種漂泊無依的感覺，記得人們重建時的胼手胝足、守望相助的情景。既使再來一次大水，我們的房基夠牢，我們的腳根夠紮實。村裡的人都這樣相信。

（原載民國六十四年四月號台塑企業雜誌）

木箱

我們一家人坐在大門口榕樹下，等父親回家，我們要父親在結束漫長的戎馬生涯時覺得：這個家是多麼需要他。

吉普車停在榕樹下，司機幫父親抬下來一個兩尺多長，一尺多寬的箱子，父親一攤手，幽幽地說：「現在就只剩這只箱子了。」

那只箱子曾被父親當做寶貝似地放在臥室的小閣樓上。

直到那一年夏天，來了一陣強烈的颱風，我們住的地方淹水，當天夜晚我們就到市區地勢高的地方去避雨，第二天水退了，我們回到住的地方，發現雨水曾漫過窗戶，桌、椅及傢俱都被大水沖走，連小閣樓也被雨水浸濕，我們把小閣樓上東西一件一件搬下來，而父親那個木箱也在小閣樓上。當我們忙著清理屋裡的淤泥時，父親獨個兒把院子騰出一個地方，開始整理他那個木箱。我們覺得奇怪，父親為什麼不幫著清理房間，只去照顧那個箱子，那個箱子裡到底放著什麼東西呢？一連好幾天，一大清早父親就把木箱搬到後院，把裡面的東西拿出來曬，傍晚再把箱子收拾到屋裡去。

為了躲避颱風的侵襲，不久我們就搬到市區地勢高一點的地方，再也不必耽心淹水了，搬家的時候，我們問父親，那個木箱是不是也要搬去？

父親說：「當然要搬去！別的東西可以不要，這個木箱一定要帶走。」

佈置新家花費了我們不少精神，當每一件傢具都佈置好了，我們才發現父親所喜愛的那個木箱還沒有安置好；放在屋子裡？我們嫌它佔地方。放在院子裡？又怕風吹雨打損壞了箱子裡的東西。父親說：「就放在小閣樓上吧！」

有一年快過年的時候，全家總動員來一次大清掃，當時父親不在家，我們徵得母親的同意，著手清理父親的木箱。

母親說：「清理一下也好，該丟的東西就丟了吧！」

母親說這話的時候，已經是父親退伍之後的第十二個年頭了。

我打開箱子，一股霉氣從木箱裡冒出來，在那些尚未完全腐蝕的東西中，我看見父親加上眉批的舊報紙，還有一本人工裝訂以針線縫邊的筆記本，那是父親親手做的，我小時候曾經看過，本子切割得很整齊，足見父親的細心，本子裡記著父親在清桐坑督工的經過，以日記的方式用毛筆寫出，紙質已泛黃，但字跡依舊清晰可辨；本子底下放著一束家書，用繩子一疊疊紮起來，繩子都已腐爛，一看就知道年代很久了，另外還有我小時候的習字簿，想不到父親卻把它留起來，現在看起來倍覺親切。

再看下去有一封泛黃的信，是一家大學寄給大姊的註冊通知單，當時為了這封信，我們全家人久久拿不定主意，按照當時的環境，不要說是供一個大學生，就是供一個高中生都感到吃力，而且第二年我也要考大學，家人再三考慮，終於決定大姊不去唸那所私立大學。

再接下去有小妹以前留辮子的照片、學校勞作課做的布娃娃，穿破了的小皮鞋以及畢業留言冊，底下是一件陰丹士林布做的小袍，上面縫了一個月亮，這件袍子原來是大姊小時候穿的，後來小袍子穿破了，母親就用白布剪成一個月亮補在破的地方，因為補的很好，不知道的人，還以為那個月亮是原先就有的，小妹小時候也穿過，重睹舊物，更覺親切。

箱子最底下放的是一件狐皮大衣，這一件大衣我印象最深刻，那一年我剛上高中，學費雖說不多，但對家裡來說仍是一個大數目，父親籌不出錢，就把這件狐皮大衣送到一家熟識的當舖去寄賣，因為台灣氣候熱根本穿不著狐皮大衣，後來父親祇得把大衣取回，如今狐皮大衣已被蟲蛀成碎片，重睹舊物，思潮起伏之際，不覺眼框已潤濕。

我蓋上木箱，看著天空，這箱子裡的許多東西並不珍貴，但卻包含了深厚的意義，所以我們也能體會出父親所要保存的不是已腐蝕的木箱，不是木箱裡的東西，父親要保存的是那一頁頁活生生的往事，藉著這些已朽壞的東西，讓我們記取以前是如何艱辛地生活著。

（原載民國七十二年元月號台塑企業雜誌）

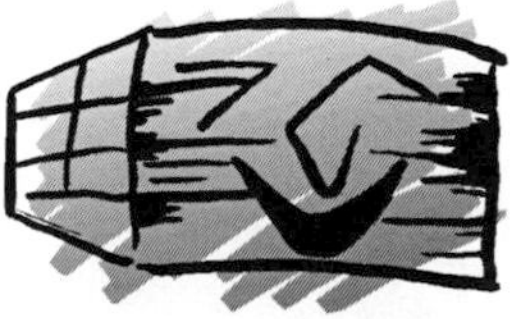

房子

我從來不曾為居住的房子耽過心。

小時候，我和弟弟同住一間四坪大的房子，房子裡有衣櫃、書桌，還有一張雙人床，我和弟第一直同睡在這個房間裡，就連我們考上大學，平時住在學校裡，假日回家還是睡在這裡。

畢業之後我開始做事，弟弟開始教書，住在學校宿舍裡，我把雙人床的上舖擺了些自己用的書籍，這間房子就歸我一人使用，雖是寬多了，但顯得格外冷清。

三年後我結婚了，沒有錢買房子，就和爸媽同住，四坪大的房間再也擺不下一張梳妝台，父親就把客廳讓給我們當新房，客廳六坪大，比起來就寬多了。

新婚、蜜月確實給我們一段甜美的日子，我和妻晚間經常在附近田埂散步，到田地去買香瓜，有時我們也到夜市吃些台灣料理。

老大、老二相繼出生，原本寬大的房子，顯得擁擠起來，一到孩子學會走路，房子更顯得小了。

那段日子，我和妻經常望著天花板嘆息。

「房子住不下了，我們該準備買房子了。」妻說。

「沒有錢怎麼買房子？」我說。

「想辦法存錢啊！」妻又說。

「現在孩子開銷那麼大，怎麼存錢？」我就說。

每次談到買房子，都沒有結果。

有一天我把薪水拿回來，妻一本正經地說：「這一次我們可要存錢了。」

妻既這樣認真，房子也確實住不下了。我就答應全力配合，自那一天起，我午餐改為帶便當，原先偶爾搭計程車的，一律改為搭公車，每次花錢都要做紀錄，每一週檢討一次，妻是學會計的，算的很精；我們一家都開始為了買房子束緊腰帶。

那段日子，我們為了省錢，甚至連朋友們請吃飯也婉拒了，因為怕請不起對方。

有一次下班下大雨，為了等過路的公車，站在屋簷下痴痴地等，好不容易有一班車過來，竟然過站不停，那一次足足等了一個鐘頭才搭上公車，箇中滋味真不好受。

四年之後我們存了一筆錢，準備買房子了，打聽一下才知道，我們那筆錢只夠買舊房子，新房子我們根本買不起，於是我們又苦了兩年，認為這下子總可以買一間新房子吧！誰知道，等我們存完了錢，房價又上漲了，我們還是買不起新房子。

孩子長得快，像氣球一樣好像突然漲了起來，房子卻依舊那麼大，等老三出生後，五個人住在六坪大的屋子裡真是住不下了。最後我們決定，就買個舊房子住吧！

舊房子雖然比新房子便宜，但是真不容易找到合適的。從看報紙的廣告到親自到附近的巷子裡逛，最後我們終於找著一間舊式的三樓公寓，房子很舊，天花板的油漆也已剝落。然而我們早已為找房子找煩了，心裡盤算著，恐怕不容易找著合適的房子。就下定決心，買下這棟頗不起眼的房子。

這是我這輩子惟一擁有的房子，為了這棟房子，我們一家人也的確辛苦了一陣子，苦盡甘來，當我們擦拭著這間房子的每一個地方，我們內心無限歡愉，那種感覺是以前不曾有過的。

（原載民國八十二年十一月二日台灣副刊）

輯二

旅遊、樹木、戀

漫談旅遊

現代人為了工作的關係，大都在城市或郊區住公寓房子，日常活動的空間有限，短時間還可以，日子久了難免像關久了的小鳥一樣，想衝出去活動活動，因此旅遊業應運而生。旅遊可分為兩種，一是短程的，就是當天可以來回的，另一種是遠程的，需要在外面過夜的。

短程旅遊好像小型戰爭，一定要「知己知彼」，知己者：知道自己有多少預算，體力如何；知彼者，要知道要去的地方有什麼可以看的，要買些什麼。你打算花多少錢，是一大前提，一百塊錢是一百塊錢的玩法，兩百塊錢是兩百塊錢的玩法；如果你只有一百塊錢卻中途冒出兩百塊錢的花費，就要吃苦頭了！除了考慮錢以外，還要考慮交通工具，除了自己開車外，是坐汽車、火車還是搭遊覽車，選擇車輛是一大學問，你看每到假日往旅遊景點的公車站牌下，不是大擺長龍嗎？如果要排兩個小時的隊，才能上車，身心俱疲，旅遊的興致必定大減。

有的人會暈車，一上汽車就天旋地轉，這時如有火車就要以搭火車為宜；每個人的體質與身體狀況不同，遇到需要爬山涉水的地方是不是能適應，這些都要考慮；如果你想要有一個愉快的旅行，那要像打仗一樣，需要好好籌畫，其中的道理有時頗不簡單，涉及「軍事行動」及「後勤支援」，這些細節都要經過一番好好地安排，千萬不要以為帶了一大把鈔票，便拍拍口袋說：「老子有錢，怕啥！走！」這樣有時要吃大虧的，須知在某些時候，某些場合，錢不一定萬能！除了你自己這方面要有好的準備外，對於你要去的地方，不要存太多的幻想，因為那個地方你還沒有去過，風景的好壞，只不過聽人家說說罷了，能完全靠得住嗎？而且，樂山樂水，每個人的興趣不一樣。

常聽人家說：「累死了！有什麼好玩的，早知道這樣，就不去了。」說這些話的人，根本上有一個錯誤，就是把要去旅遊的地點幻想中美化了，等到他發現實際景色並不如他想像中那樣美時，難免大大失望。

其實，現在很不可能再有人間仙境了，即使偶然被少數人發現一處幽境，經媒體一渲染，大批人立即湧至，再美的仙境被我們這些「俗人」一騷擾，也無不烏煙瘴氣，面目全非。

遊覽勝地要有徐志摩那種「得知我幸，失之我命。」的胸懷，能滿意固然好，不滿意也要一笑置之，塵世萬象本來不是如此嗎？

有人說：沿途景色比目的地好！果然如此何不多瀏覽瀏覽，那裡美，就那裡多看一看；何必一定要把名勝古蹟列為唯一目標！明乎此！心境自然坦然。

遠程旅遊除了上面所說的短程旅遊要注意的事項外，還需要一個「參謀本部」來為你計畫計畫；就以住在台北的人，要往合歡山賞雪為例吧，首先要知道旅遊當天以及前幾天埔里、霧社一帶的氣溫，是不是下雨？

根據經驗，必須中部氣溫普遍很低，埔里一帶又下雨，合歡山上才有下雪的可能。如果你僅看到電視上報導合歡山飄雪，就開車南下，等到你到了合歡山雪早已停了，所以要去之前要蒐集氣象資料，也許要花好長一段時間，但卻是值得的。

除了當地氣候研判之外，還要準備些衣服、手套等禦寒裝備，以備不時之需。

一旦你準備好了，可能等你到了埔里，氣候已改變，這時你也不要著急，在旅館裡再多住一、兩天；等當地下雨了，氣溫又低了下來，你仍有機會看一看白茫茫的山頭。

人生許多事都需要機運的，旅遊豈能例外。

去合歡山賞雪要看天氣，去阿里山看日出何嘗不是如此，你必須在晴天的早晨才能看見旭日初現的美景。短程旅遊不需要考慮的，遠程旅遊卻要考慮了，因為你花的時間、金錢都多，如果不能達到目的，怎能甘心！

去旅遊就像去探寶，若無充分準備，常常會深入寶山卻空手而回。

現在再談談住的問題，有名的名勝古蹟大都有觀光旅社，因為價錢高，除了外國觀光客外，一般人不敢問津；舊式的旅館又失之過份簡陋，旅遊的人常有「住不得也」之苦！目前我們國內尚未發展到自備旅遊車，否則就車上一臥也可解決住的問題。

倘有心人士能於名勝區設立國民式旅館，為本國旅客的方便，實有必要。

除了住以外，吃也是一大問題，往往平常十元的東西，在風景區就漲至十五元以上；旅客認為，難得來一次，貴就貴一點算了；賣的人就抓住這一點顧客心理，雖以高價出售，仍安之若素，甚至有強迫購買、欺詐的情事，這是很不合理的現象。

往郊外旅遊不同於赴宴，穿著應以輕便為佳，不論爬山或玩水都宜穿平底鞋，輕便衣著。

旅遊既以舒展心情為目的，千萬不要像趕集似地東趕西趕，行事要按計畫，住的地方要先安排；來回的交通工具、時間要好好注意，否則日落西山之後，你仍需要在荒野徘徊或在車牌下苦等，有「歸不得也」之感！

社會在進步，我們的觀念也要趕上時代，要多多利用假日出去走走，俾身心得以調劑，再來應付平時艱鉅的工作，這也是減少緊張、紓解壓力的最好法子。

「遊山玩水」並不是有閒階級或有錢人的專利，任何人只要對山光水色心存嚮往，而偷得浮生半日閒，都可對江上之清風，山間之明月，取之不盡，享之不竭。自然，要如古人說的「讀萬卷書，行萬里路。」以擴大胸懷；或如太史公一樣，遊遍名山大川，致文章富於奇氣，那就不是一般人所能企及的。

（原載民國六十三年十月四日民族晚報）

東巴樂園

世上許多著名的風景區，大都有一段淒迷的故事，故事本身與的美麗景色一樣，使人留下深刻印象，泰國的東芭樂園就是其中的一個。東巴樂園位於曼谷市郊，原來是一家私人的公園，當初園主經常在這裡招待生意上的朋友，園子裡有蘭花、有小湖、有涼亭、有高大的椰子樹，風景優美，園主認為這些美景僅僅有少數人欣賞實在可惜，就決定對外開放，開放初期並沒有引起外人多大注意，但因著園子景色確實優美，到過的都讚不絕口，於是一傳十，十傳百，後來竟成了外來觀光客必到之地。

園主夫妻二人感情很好，園子開放不久，園主因病去世，他的妻子想起夫妻二人當年胼手胝足經營事業，正當他們事業有成，可以共享餘年時，先生竟離她而去，心中著實難過，先生死後，她每天都要叫安全人員陪她到先生的墓園去憑弔一番；有一天，不知什麼原因，她不要別人陪同，獨個兒走向墓園，自此之後，她再也沒有回來過。事隔多年，一直到我們去那裡旅遊時，泰國警方還在找尋她的下落。

往東巴樂園的路不寬，這些路是當年園主為了開放園子供遊客通行，特意向當地地主購買的，園子入口不遠有一個廣大的蘭花園，溫室裡養著上千種的蘭花。

再往前走，我們看見成群的猴子爬到樹上，把樹上的椰子摘下來扔到擺在地上的框子裡，動作既快又準，真不知當地人是怎樣訓練出這些猴子的！

東巴樂園也安排了觀光客喜歡看的泰國民間舞蹈以及大象搬東西的表演，吸引了不少旅客。

最後我們朝東巴樂園有名的小湖走去，路邊樹木茂盛，卻十分安靜，我們彷彿進入一個無人世界，靜的連鳥兒的聲音也聽不見。

當我望著悠悠的湖水，注視著湖中的小亭以及湖裡戲水的鴛鴦，想起東巴樂園的主人，男的已離開世間，女主人也不知身在何處，還比不上湖裡的鴛鴦，世間的事真難意料啊！

天色漸漸晚了，大地已披上一層薄霧，我想這裡的黃昏一定更美，月光倒影，湖面如鏡，小舟輕泛湖上，三、五知己盪漾其間，真是人間仙境，只是這些美景我已經看不到了，因為那天下午，我們必須離開東巴樂園，趕到另一個觀光地點。

（原載民國八十二年五月二十八日台灣副刊）

小橋・流水・人家

小橋、流水、人家不僅是詩人描寫古時候人的生活，我們以前住在鄉下，確實也看過橫跨在灌溉用小溪上的小橋，也見過遠處炊煙裊裊的人家，後來隨著時代的進步，溝渠上加了蓋，小橋消失了，人們改以瓦斯煮飯，田園間再也看不到炊煙裊裊的人家，這可以說是人類生活進步必然的過程。

這次我在泰國鄉下所看到的情景，又使我回到以前農村生活的時光中，泰國湄南河支流很長，我們離開曼谷往鄉下去，沿途看見蘆葦叢中有許多散布在各處的水上人家，他們把房子蓋在水上，因為蘆葦遮住了房子的根基，遠望過去好像是一個個漂浮在水面上的房屋，這些矗立在水中的房屋與馬路間有一條竹橋相連，橋是幾枝竹子編成的，即使小孩子走在上面，橋身也會劇烈的搖晃，所幸橋下溪水緩緩流過，又有成堆的蘆葦，孩子們就是從橋上掉下來，也是不礙事的。

每戶住家門口都吊了一具方形的魚網，每到要煮飯的時候，屋子裡的人就把魚網放入水中，準備網一些魚，我們經過那裡的時候，正逢他們準備煮飯，我們就把車子停在路邊，想看一看他們到底是怎樣過活的。

屋子裡的人把魚網放入水中後，又回到屋裡，不過幾分鐘的功夫，忽然鈴聲大作，原來他們在網子上做了幾個小鈴鐺，當魚兒入網，觸動了機關，鈴聲就會響起來，屋裡的人就慢慢地走出來，手裡提著一個小鐵桶，他把網子從水面上拉起來，伸手從漁網中拿出一條魚放在桶子裡，再把網子裡其他的魚倒回河中。

「他們為什麼只要一條魚？」我感覺納悶，就問身邊的導遊。

「他們一家人吃一條魚就夠了。多餘的魚送給別人，別人也不要，你看家家戶戶門口不都有一個魚網嗎？賣給人家嗎？這裡離城市有一段距離，光運費就不少，根本不合算。」

「他們一餐只吃魚嗎？」

「他們也種了蔬菜。」

原來，他們家門口用木箱子裝了泥土，種了不少空心菜；有魚、有菜，他們生活倒是蠻愜意的。

我們離開那裡往城市去，沿途看見許多工地正著手蓋工廠，到處看到歡迎投資的廣告，這些情形對我而言是非常熟悉的，幾年之後，可能我將再也看不到此地的小橋、流水及人家。

人類在進步，但泰國鄉下的生活情趣卻始終緊緊地抓住我，讓我深思。

（原載民國八十二年二月二十三日台灣副刊）

藍潭

那天，我帶著妻和三個孩子到我以前唸書的學校去，車子過了木柵道南橋，我一連問過兩個穿制服的學生，往藍潭的路怎麼走，他們都搖搖頭。怎麼可能？事隔三十年，當年我那麼熟悉的地方，怎麼現在的學生竟然都不知道？妻對我說，一定是記錯了，根本就沒有這個地方，孩子們也說，我一定是為了騙他們出來走走，故意編造一個地方逗他們玩的。逗他們！天知道，藍潭可真是一個令人懷念的地方。

學校宿舍有限，大一下學期學校規定，宿舍優先供僑生住宿，其次是遠道的同學，本地學生要自己設法找住的地方，我家住台北近郊，自然需要搬出宿舍，我就在通往指南山莊的路邊，向農家租了一個房間，屋前有口古井。為了上學方便，我買了一個舊腳踏車代步，有一天騎腳踏車上山，半路上聽見附近有流水的聲音，一時好奇，就向著水聲走去。原來在大岩石後面，有一個水潭，潭上邊有一個峭壁，從峭壁上流出一道水流，直流入水潭。潭是圓形的，潭水的顏色有兩種，靠近峭壁的那些水是深藍色，另一面的水卻是淡綠色，兩個小孩正在潭中戲水，潭邊的石頭上刻著：「藍潭」兩個大字，字跡工整。我稀奇怎麼不知道學校後面有這麼一個水潭。

第二天我起的更早，趕到潭邊，穿著短褲向水中走去，水有點冷，但人在水中有一種說不出來的舒暢；小時候我就喜歡在溪中玩水，在南寮、在頭前溪以及在竹東的小河裡，都讓我流連忘返；而如今藍潭的水，就像我小時候熟悉的溪水一樣，那麼清涼。潭裡只有我一個人，樹上幾片葉子掉在水面上，像一隻隻小船在水中飄蕩，我仰著頭看頂上的天空，再看看四周的岩石、樹木以及流水；多美妙的景色啊！漸漸地陽光從樹梢中射進來，我知道我該去上課了。

下了山，正是學校附近麵包店麵包出爐的時候，我一面吃著熱騰騰的麵包，一面回味藍潭所帶給我的歡愉。

第一節課是系主任熊老師的「孟子」，今天講「孟子見梁惠王」，我盡量使自己打起精神聽課，我明明聽到老師唸：「孟子見梁惠王，王曰：叟，不遠千里而來，……」耳邊還依稀聽見藍潭潺潺的流水聲，我揉了揉耳朵還是揮不掉它的聲音。

這水聲，三十年前的那一個早上我揮不走的，三十年後的今天它依然在我耳邊響起。雖然我已找不著藍潭，記不得那一家麵包店，也想不起當年上課的那一間教室。但是這些都不打緊，畢竟我的記憶中還留下了一點藍潭的影子。

（原載民國七十九年九月十二日台灣副刊。）

憶風城

風城最使我留戀的，不是那攤販擁擠的城隍廟，也不是頗具古風的東門城；而是它那四境綺麗的田野景色。

城北，頭前溪是一條直通台灣海峽的溪流，兩岸岩石聳立。海水倒灌，激起片片浪花。退潮時，螃蟹遍地；小學生們赤著身子，在溪裡打滾。夕陽照耀，水面金光閃閃，孩子們的歡呼聲響徹雲霄；每年夏季，學生們揹著食物，開水，歡然而來，師生們圍著岩石烤螃蟹。老師不再說教，學生們靜靜的聽老師講著有趣的故事；陣陣海風，伴著師生間關切的交談。

城東，寶山一片綠野。順著往青草湖的路走下去，不久就可到寶山國民小學。從前我們遠足到寶山，心裡最羨慕那裡的孩子，他們有吃不完的橘子和柿子。那年我們去的時候，正好柿子成熟，結實纍纍，真是喜人。寶山有一種香茅草，味道芬芳，據說可以做肥皂；這東西市區裡沒有，我們就覺得格外希奇。還有帶著綠殼的棉花，斜長在枝頭上，像是青蟲似的；寶山的地勢忽高忽低，走在路上像是坐轎子。那兒的樹都是灌木，嬌小、肥碩，比起頭前溪附近的大樹，另有一番風味。

城西，南寮，路邊滿是竹林、茅屋，十足的鄉村景色。居民住宅前有耕牛，草堆、犁頭；孩子們光著腳在院子裡玩耍，氣候好的時候，人們總聚在一塊談論著嫁妝、田地。每年端午節，南寮吸引了無數遊客，龍舟競賽便在南寮的海邊展開，華麗的龍舟在水面上疾駛而去。這時，人聲鼓聲，此起彼落，這是南寮最快活的一天。

城南，香山，極為偏僻，往香山的路是寬的，然而，你若是個生人，即使你走在香山的路上，你還不自知呢。那條路人跡少，偶爾只有運沙子的牛車緩緩而過。香山到處產野菠蘿，果實大而黃。一般人到香山，只能在海灘上撿些貝殼石子，再往下去走便是大海；站在沙灘上瞭望，什麼愁都會過去，什麼煩都會消失。

在萬里無雲的天氣，雖然遠方的海波浪翻騰；但你聽不見浪聲，見到的是一片片茫茫的海，一堆堆翻起的浪；它像是成堆的雪片向你襲來。遊客還可以看見海鷗並立。夜裡，萬物都懾於波浪的威脅而沉寂時，你卻可以聽見青蛙呼叫和秋蟲的悲鳴。香山的夜是冷清的，也是祥和的，是悽涼的也是奮發的。

（原載民國五十六年五月七日新生副刊）

三峽老街

報上說三峽老街將不再列入古蹟，不久的將來，我們可能再也看不到，老街現在的樣子。

我住在板橋，離三峽不遠，假日偶爾會到三峽走走，或許因為我童年時期住過新竹鄉下吧！我對三峽老街有一份特別濃郁的感情。

新竹鄉下有一排排密密的竹林，竹林後面是紅瓦蓋的房子，木頭做的門樑，蔭涼的小巷，這些都和三峽老街相似；只是三峽老街比新竹鄉下更古老、更典雅，走在三峽老街上，使我陷入童年的回憶。

老街上有編製竹椅的，師傅用一片片竹子編製成大小不同的各種椅子。

老人們坐在老街住家的門口，靜靜地望著遠方。

老街上有幾家棺材店，小時候在新竹也見過賣棺材的，只是那時候年紀小，不敢靠近那些店，後來年紀稍大，略略領會生命不過是一個過程，生不足喜，死不足憂；就不再對那些夏日躺在劈好的棺木上休息的工人，投以異樣的眼神。

再往前走，只見幾個老人在大樹下聊天。

有人說：「總算不必列入古蹟了，我可以找工人把漏的地方修好。」

又有人說：「以前是有許多人來這裡看看的，現在來這裡的人愈來愈少了。」

還有人說：「房子修也好，不修也好，反正孩子們也不回來住了，現在的年青人喜歡住在台北啊！」

老人們搖搖頭，繼續述說老街的往事，他們說在很久以前老街有許多人、有許多商店、有許多故事。

三峽老街啊！儘管有許多人或將逐漸將妳忘記，我這個在鄉下長大的大孩子，卻深深迷戀著妳那古樸的建築以及清幽的街道。

（原載民國八十二年九月四日台灣副刊）

牧野之歌

每當我坐在行駛的火車上，都免不了把視線盯在窗外的景色上，……一塊塊水田、潺潺流水及一棵棵小樹。我曾多次想記下這匆匆一瞥的感觸。然而，它一直就只是一種想法。

週末的中午，我從板橋坐火車往南走，途中我再度陷入那景色的迷惘中，火車在一個小鎮停住了，我從車上走下來，像是一個七、八歲的孩子，投向大自然的懷抱。

我順著山路的台階往上爬，不去思索塵俗的瑣事，也不聽那山間群鳥的歌唱。到了半山腰，眼前赫然出現一座破落的古墳，精神不由得一振，似乎喚醒了我的知覺，山腰裡有兩堆大芋頭，葉子綠油油的，我彎著腰，挖鬆了土，真想把那芋頭挖出來，仔細一看，芋頭底下已經發了芽、生了根，緊緊地纏在附近的岩石上。一大片楠木、不結果子的柚子樹、竹林及金龜子樹，還有那矗立的電線桿；成群的大麻雀和黃鳥飛在矮矮的土堆上。倒下的樹幹上還有細嫩的幼芽，十字花草反映著陽光，彩霞照著河畔藍色的小戎花，混濁的河水漫過了河堤。

土塊由山上滾下來，像是一堆熟透的核桃。火車像是一列直行的雨傘節。汽車像是兒時用木材盒做的小車。藍色的絨花，鋪了滿地。碩大的山頂見不到一個果子。

停在半空中的浮雲，慢慢地移動……。樹後的彩霞成了大自然的背景。我仰著身子走在彎曲的台階上。往下俯覽，見河面上有一個竹筏。桂圓樹上有成窩的螞蟻。

這時蟋蟀大膽的叫著，那栽在墳墓邊的樹是那麼的直，那在平地是很少見的。我默默的望著，樹枝幾乎插進我的眼裡。小葉子的樹，蘆葦花，我還看見長在旱地裡的百合花。風一吹，青竹子就動了，好像被人推了一把似的。天涼了，這林子裡，都是一些不知名的樹。

即使一個植物學家，到了山裡，面對著這些雜草、野樹也要束手無策吧？

我勸研究自然的人，多到山裡去看看，山裏的樹木彷彿是海裡的寄生物；一個人在海上漂慣了，總覺得海是有意思的，我們在海上看見了燈塔、海鳥、船隻、孤島和無盡的海水。海水裡有什麼東西呢？我們就不得而知了。可是，山就不然了，在山頂上看天就彷彿蹲在馬里亞納海溝裡看海面一樣，那天和大自然的一切景物都收入眼簾，天有時黑、有時白、有時藍、有時黃……海水卻是單一色的藍、藍……。

大自然是美的，沒有一個地方不可愛。

有的樹長在溪谷裡，有的草長在山坡上。可是它們有著向上長的生命；有著發綠的生命。他們互相配襯著，一點也不妒忌。並列的樹，像是多年不見的老朋友，拉著手！……雜草叢生中的花有點粉，有點翠……馬尾草、大葉子樹還有白色的香花都出現了，大自然真個兒調進了植物界的芬芳。

我覺得有些累了，走路一顛一顛的，有一點像瘸子，不過我以為這才算是超人啊！

道路的前面有一條小溪，我本想迴折而上，只見上面的樹只剩光禿禿的樹骨頭，伐木的工人，已經把樹砍下來，擱在一旁，樹離了根就枯了，它斜斜的躺在帶刺的花和茅草之間，一層薄薄的細網子，纏在它的上面……彷彿是白蜘蛛織的，上面有幾滴透明的水珠，是露水？雨水？還是地裡的濕氣？……真是像人的眼絲和眼珠。

樹當真兒哭了。一直到它的身子變成褐色，沒了水的氣息……我該下山了。這個時候，月亮在山的那邊後台上，等了老半天，太陽光依然輝煌照耀著……。

風把農村裡的音樂送到山中，那音樂由幽雅的華爾滋轉變成狂熱的基路巴……，大自然卻依然恬靜、可愛。

樹林的深處有一個清澈的水潭，潭的旁邊有一個洞，山水不停的注入潭中。那些摸著水面的竹子，像柳絮般低垂著，顯的更美麗了。我靜靜地想；他若不是一個活竹子，若不是長在大竹子的細枝上，早就讓細細的水兒，輕輕地流走了……。我又看見一塊石頭上長了一朵小花；一個像是水蜜桃的葉子，一個像是盛開的石榴花。大石頭也像被刀子劃過，成了帶格子的小塊碎石。

有幾根離了地的黃竹，懸掛在樹枝中，它是枯乾的、焦黃的……。靜幽幽的水聲，從那兒來的？不去想這些；儘管看看那山頂、樹林、小溝……，聽聽大自然美妙的樂章吧！他始終如此，不怕人不鼓掌，不愁人皺眉頭。

那些被鋸斷的樹杌子，都讓風、雨、露珠兒修得圓圓的，大自然給它戴上木耳製的耳環，頭上還頂著一個綠苔做的草帽。

水滴兒從草木上流過，落到地上，黃土就把泥水半吞半吐的接了去，土的氣息摻和了樹木的清新，顯得格外乾淨與寧靜。我踏在厚厚的落葉上如同走在腐朽的甘蔗板上，不時發出「咯刺」！「咯刺」！地響聲。

一種清香的氣味向我直襲。也許是小草而發出來的吧！不然，像麵包樹那種供人欣賞的，是不容易發出香氣的。那香味幸好不濃，若是所有的樹都是那麼香，不就把人嗆死了嗎？

前面有一條小瀑布，太小了，只是它的確有瀑布的樣子。我想：把它放大一百倍也比不上壺口的激流、龍門的飛瀑。不過，當我瞇起了眼兒，那小巧玲瓏的水柱就在我的朦朧的瞳孔中放大，無限止地的擴延。

靜。在大自然的靜態美中。只有靜的心情才能領略它的真與美。我繼續地走著，只覺得有些兒冷了，天也黑了。河畔的景色都模糊了。要想知道山裡的一切，只有在回憶中捕捉那失去的影兒了。

我還看見了，桃樹、黃竹、紅葉子。

紅的楓葉和黃的朽草，爭吻著稀爛的黑泥。在這一段枝葉低垂的小道上，底下的泥土經年見不著陽光。落葉和濕泥相混……那泥濘的土地，只有夏日的暑氣才能烘乾它。直到那微弱的風吹硬了那藏在樹下的污泥。那葉兒、花兒卻早已腐爛了。

我聞不到那落花的氣息。

我看不出它是怎麼腐爛的。

我看見泥上的黑點，或地面上的水粒兒，我就會想起：這裡都有葉子的蹤跡啊！

我穿過一株陰森的老樹。樹的斜縫裡透出了一絲淡淡的黃昏之光。我走過了扁扁的小橋，那鐵道旁的人家，都坐在庭院裡乘涼。他們該是一群不染塵俗的文明人。

我再次回到下車的地方，也聽見了遠處的汽笛。只是夜間的列車，不在這兒停。我前顧右盼，除了熒熒的燈火之外，不過七、八戶人家。俗語說：「前不著村、後不著店。」正在那裡發急，忽然遠方來了一輛牛車，它是往城裡去的。我徵得主人的同意，坐上了牛車。

「刷！刷！」車夫鞭打著那頭黃牛對我說：「黎明之前就會趕到了！……」

（原載民國五十二年九月十二日青年戰士報）

樹

我家的廚房是後來加蓋的，本來只打算暫時用的，那知道一轉眼快二十年了，當初為的是圖方便，就沒有把那棵可以環抱的大樹加以清除；任由它在屋子裡自由發展。這棵樹，一半在屋內，一半在屋外，屋外的那一半枝葉扶疏，把個小小的廚房蓋的密不透風，遠看起來像是中古世紀的古堡。

樹根底邊的幹上，劃著許許多多密密麻麻的斜線，若不細看，幾乎無法分辨，那是幼年時我每挨過一次打，就偷偷地用小刀在樹上留下的記號，我還記得當時眼淚汪汪地對自己說：「要報仇！」再悄悄的走進臥室，鑽進被窩，蒙頭大睡，第二天一早起來，什麼都忘了。

大樹的再上頭，就是我刻字紀念的再上面一點，那是姐姐的領域，她比我大兩歲，很喜歡打扮，有一天她不知道從哪裡弄來了一面鏡子，隨手就拴在廚房的樹幹上，每次洗臉的時候就對著鏡子蘑菇半天，廚房的油煙她一點也不怕，這成了她生活的小天地。

再往上頭，那是母親的工作台，鏟子、炒菜鍋，掛了一圈，這些工具有兩種用途：一種是為了炒菜，另一種是為了修理我和弟弟，只要我們兩個，有一個哭了，另外一個就得準備逃難，否則母親就拿起樹上掛的鏟子、棍子扔過來；幾乎廚房裡所有的工具都換了面目，柄子、把子大致都被摔斷了，再用竹條重新接上；這一段樹幹，對我和弟弟有莫大的威脅，雖然鏟子也炒出可口的花生、年糕，供我們享用，但它一旦離開大樹，從母親的手中飛出來的那一剎那，真是石破天驚，令人喪膽。

最上頭，是父親放東西的地方，他把樹皮劃開，露出一塊一尺見方的小洞，裡頭放著父親的剃刀、刷子；因為地勢高，再加上我們深深知道，倘若動了父親的剃刀就像是拔了他老人家的鬍子一樣，後果一定不堪設想，因而從來沒有想過侵犯父親的私產。

屋子裡的樹幹被我們一家人佔據了，誰也不肯放鬆一點，姐姐常埋怨鏟子上的水，滴到她的鏡子上去，母親也說父親在廚房裡刮鬍子礙手礙腳的；而我呢？雖然口裡沒有說什麼，心裡最不高興廚房裡擠那麼多人，使得我挨過打後，還不能明目張膽的留下一點記號，必須等到他們都熟睡了，再偷偷地開門，匆匆忙忙地劃上一筆，因而有好幾次被發現，就糊里糊塗的被冠以「偷吃東西」的罪名，加以處罰。

屋子裡一片混亂，滿了火藥味。

屋頂外另有一番氣象；我的外祖母最喜歡在夏天的晚上，離開廚房尺許的地方坐著觀看這棵樹，從葉縫裡可以看見月亮，看見星辰，看見銀河，他常對著我說：「男孩子，要站遠一點，看大一點。」後來我稍大一點，她又告訴我，她對我講的故事，有很多是從這樹上得的啟示。

我最喜歡在下雨的晚上，在廚房裡看母親炸年糕，那時大雨從樹上落到屋頂上，外面一片黑暗，鍋裡傳來陣陣香氣；那時候看母親比她拿著鏟子追趕我的時候可愛多了。

我們割據樹幹的第十年，廚房的爐灶出現了裂紋，我們以為是年久失修，誰也沒有理會它，過了幾天，裂紋的中間赫然有一根細細的線；是老樹發的幼根啊！從那一天起，我們都覺得房子小了些，樹幹粗了，我刻劃的記號模糊了，姐姐的鏡子也不安穩了，我們好像在一個逐漸膨脹的巨人面前，樹幹有一種逼人的力量向四周散開。

慢慢地樹上的刻劃逐漸消失，姐姐的那面鏡子也不知去向，母親在灶邊做一個木架，用來掛鏟子、炒菜鍋；她常笑著說：「別以為我不打你們了，就是你們結了婚，有了孩子，做錯了，我還照打不誤。」實際上，自從我們上了中學，那原先掛在大樹上的鏟子，除了炒菜給我們吃以外，再也沒有增加我們心理上的恐怖，大樹上除了幾個依稀可辨的釘孔外，再也找不到往年的回憶了。

最後放棄佔據大樹的是父親，直到他習慣用電鬍刀，才把原有的舊物，撤離大樹；大樹除了脖子上還被屋頂束縛以外，至此可以說完全自由了。

（原載民國五十八年八月六日中央副刊）

榕樹

這棵榕樹是我十四歲那一年，父親從遠方帶回來的，原來只是一個盆景，父親認為，盆景雖好看，但只能供人觀賞，沒有其他用處，於是將它從盆子裡取出來，栽在花園裡。

我家有兩個花園，前面園子裡的樹木都是父親親手栽培的，園子左邊是玉蘭、玫瑰；右邊貼牆種的是美人蕉，接著是茶花、茉莉花以及桂花，靠近門口有兩棵夾竹桃，榕樹就種在夾竹桃的右邊，因為原來是盆景，所以看起來顯得格外矮小，和夾竹桃簡直不能相比。

後面的花園是我們孩子們特有的，平時我們在河灘上採些野花、野草，只要是我們喜歡的，就將它栽起來，有的是栽在空鐵罐裡，有的是栽在破玻璃瓶中，別人看來不算什麼，但卻是我們的心血結晶，平時我們小心看守，絕不准許別人碰一碰它們。

我們住的地方，除了有花園以外，雖遠離市區，但交通便利，遠處有山，近處有水，照理說，不能算壞，惟一的缺點就是淹水。每到颱風季節，河水暴漲，漫過河床，淹及附近的住宅，我們的家離河床不遠，洪水一來，首當其衝，最初我們總對自己說：「忍耐一點，明年就好了！」可是颱風一年比一年厲害；波蜜拉颱風竟連我們存放東西的小閣樓都淹沒了，圍牆倒塌，家具沖得四零八落，花園更是慘不忍睹，夾竹桃被吹倒了，茉莉、玉蘭都被泥水淹沒了，後花園破瓶爛罐子裡的野花，也被刮的面目全非。放眼望去，只剩下那一棵來自遠方的榕樹依然屹立不移。

重整家園之後，我們終於決定搬家，瞅著四壁蕭條的舊居，我們實在有許多的留戀，這畢竟是我們安居已久的家園，父親對我們說：「既然常常淹水，我們就換個地方住吧！」他又說：「院子裡那棵榕樹已經種了好幾年了，颱風雖能刮壞它的葉子，一到春天就又吐出新芽長出新葉，我們就把它帶走吧！」

我們聽了，大聲歡呼，誰也沒有想到，當花園裡別的樹木遭到水淹之後，這棵當時並不起眼的榕樹，卻在陽光照射下一枝獨秀。

父親既然下達了命令，我們就約了鄰居開始挖樹；挖一棵長了好幾年的大樹可不簡單，我們小心翼翼地先挖掉樹根旁邊的泥土，為了不傷及樹根，工作進行的很慢，我們又要選擇那些較小的樹根把它切斷，留下較粗的樹根，最麻煩的是樹根當中的主根，它深入地裡，好像已經長到地心裡似地，我們雖然挖了又挖仍然無法將它挖出，我們知道，樹失了主根是活不成的，所以一點也不敢疏忽，慢慢地挖。

約莫四十分鐘左右，主根終於出土了，我們用泥土包著根，僱了一輛「鐵牛」，把榕樹運到新家。

到了新家，鄰居都以一種奇異的眼光望著我們，好像是說：這家人真奇怪，什麼都不搬，先搬來一棵榕樹。

我們把榕樹從車上搬下來，開始挖土、修剪、澆水……，等我們做完不久，父親、母親帶著傢俱運來了，鄰居的太太是我們以前的朋友，過來與母親聊天，當天晚上我們就在鄰居的家中吃了一頓豐盛的晚餐。

第二天，父親召聚我們孩子，對我們說：「這棵榕樹起先不過像溫室的小花一樣，拘於一偶，經過我們栽培之後，它竟能戰勝大自然，抵抗颱風的侵襲，你們應該從這裡學到一個教訓，人生是要奮鬥的，要在逆境中迎向前去，而戰勝它。」父親停了一會又說：「像這一棵樹，如果放在屋子裡只能給幾個人看看罷了！如果把它栽在院子裡，一到夏天就可以有許多人在樹底下乘涼，其中的道理，你們慢慢想想就明白了。」

我們聽了，一知半解的紛紛點頭。

離父親講這些話的時候，又好幾年了，現在，榕樹的葉更密，樹枝更多，真像父親所說的，夏天的傍晚常有許多人坐在它的蔭下納涼，這棵榕樹已成為十里方圓之內最大的一棵樹。我們總算明白父親話中的涵意了。

（原載民國六十三年八月號台塑企業雜誌）

葡萄藤

我小時候很喜歡到野地裡採些花啊、草啊，採回來以後就栽在油加利樹旁邊的空地裡。

有一天下午，我放學回家，約了阿祥、鐵路……一同到鐵道那邊的倉庫去玩，倉庫旁邊有一個池塘，池塘當中漂著許多菱葉，據說底下長了許多菱角，但離岸太遠，我們採不到，只好在南瓜田裡打滾，捉迷藏。

「我找著了一棵樹。」阿祥叫了起來。

「什麼樹！」

「不知道，很好看的。」

阿祥用手把那棵小樹連根帶土挖出來。

「這是葡萄藤啊！」外婆坐在油加利樹下對我們說：「你們在那裡找到的？」

「倉庫那邊。」我們一面說，一面幫著阿祥把葡萄藤栽在後院，栽好了以後，鐵路說，我們不如再去找一次，說不定還有呢！大伙兒聽了，認為這也不錯，就順著廢棄的鐵道，向倉庫走去。

太陽已快下山，水塘附近的景物漸漸模糊，後來我們總算每人都找到了一棵葡萄藤帶回家去。

我們把這些藤都栽在阿祥種的那棵旁邊。

過了幾天，我們發現除了阿祥種的那棵以外，別的葡萄藤都枯萎了，我們就跑去請外祖母來看。

他走進前來，看了半天。

「孩子們，只有那棵是葡萄藤，別的都不是。」

我們瞪著大眼。

「你們看，葡萄藤的枝子上沒有毛，那些的枝子上有細小的毛。」

我們細心觀看，果然發現那些枯萎的枝子上有許多細細的毛。

接著外祖母又說了一段話，那一段話是我一輩子也忘不了的。

她說：「孩子們，有的東西不是每天都可以找到的，一旦你找著了，就要特別珍惜它。」

外祖母已去世多年，油加利樹旁的那棵葡萄藤早已不知去向，但每當我的生活中出現一棵「葡萄藤」時，我就很自然地想起外祖母說過的這句話。

（原載民國六十四年元月十四日中央副刊）

柚子

我們學校旁邊有一條小河，河邊有一個小教堂，教堂邊有一棵高大的柚子樹，每個禮拜天，我和弟弟都會到教堂去，在教堂裡，老師把畫片一張張貼在法蘭絨布上，照著畫片上的景物，把聖經的故事講給我們聽，講完故事，老師又教我們唱歌。

上主日學既可以聽故事，又可以得到精美的畫片，蠻吸引我們的。

教堂後面有一個小木屋，住了一個老人，偶爾會看到他在教堂的院子裡散步，他既不是教堂的牧師，也不是主日學的老師，我從來沒有聽見他說話。

教堂旁邊的柚子樹，是附近人家種的，枝葉很多，越過圍牆伸到教堂裡來，遇到颱風，樹上的柚子掉下來，我們就撿起來帶回家去。

有一個禮拜天，我正要離開教堂，忽然一個柚子掉在我眼前，我正彎下腰去撿時，忽然聽到有聲音說：「孩子，不要動它！」

我吃了一驚，轉過頭去，原來是住在小木屋的那位老人在說話，老人向我微笑，招招手要我到他那裡去。

老人帶我進入他的小屋，屋子裡面的擺設很簡單，只有一張床、一個桌子；老人說：「孩子，不是自己的東西，不要拿啊！」老人一直重複地說這一句話，他指著桌子上擺的兩個柚子告訴我，這些柚子也是剛剛從樹上掉下來的，他撿回來，準備要還給柚子樹的主人。

「這畢竟不是我們的柚子！」老人說。

小時候在主日學聽過的故事、唱的歌都忘了。惟獨記得教堂裡那位老人的那一席教誨；漸漸長大，每當世上的引誘來臨時，我就想起老人說的：「不是自己的東西，不要拿啊！」伸出去的手，很自然地收了回來。

老人已經不在了，但他的聲音將永不會消失，在我心中升起無限感激。

（原載民國八十二年十二月十五日新生副刊）

沈櫻

家搬到新埔來，已經一個禮拜了。這次搬家，的確費了不少事，尤其是院子裡那棵沈櫻花。

遠在七年前，一個夏天的傍晚，我們一家人圍著桌子在院子裡聊天，母親指著四周的花木說：「這裡要是有一棵沈櫻花該多好！」

「什麼？沈櫻？」弟弟沉不住氣，問母親，又看看父親。

「就是那種，花像辣椒似的，葉子小小的。」姊姊說著，用手比一比。

當時，全家決定，一定要找到一棵沈櫻花。不久，父親有事到外埠去了，姊姊到外地求學，家中只有我和弟弟陪著母親。我上學是坐巴士，每天經過的路旁，我都留意，但沒有找著沈櫻花，姊姊來信也說，花店找不著這種花。有一天放學，一位同學問我：「你是不是在找沈櫻花？」他拉著我往小山坡上跑，不等我喘一口氣，就指著一棵老態龍鍾的大樹說：「這就是沈櫻花！」

天啊！我真想大叫，那會是沈櫻！樹上一朵花都沒有，樹皮上滿了斑痕，況且，這麼大的樹，我怎麼能夠移到家裡去呢？我垂頭喪氣地走回去。

現在，幾乎一切希望都沒有了，我和姊姊也漸漸把這件事忘記。兩個月以後，有一個陌生人來到我們家裡，後面跟著拖車，上面擺著兩盆沈櫻。我們想：這會是給我們的嗎？

原來，父親在外面四處打聽，知道當地有人培養許多盆景，其中有兩盆沈櫻，不肯出讓，平時也只邀請別人觀賞，父親說了許多好話，付了一大筆錢，主人才答應割愛；運樹的那一天，它還發牢騷：「這棵樹已在盆子裡培養了五年，葉子從未枯乾，花也開個不停，擺在客廳再好也沒有了。」

沈櫻花裝車、託運，費了許多功夫。也許照顧得不好，葉子顯得有點枯了，我們將它放在客廳裡，仍然覺得生氣蓬勃；兩盆沈櫻，其中一盆有了裂痕，後來越裂越大，我們就決定將兩盆沈櫻都改種在院子裡。

走廊的兩旁各種一棵，葉子青綠了許多，花也比以往鮮紅。最初兩棵都很茂盛，後來我們發現從好的盆子裡移出來的那一棵漸漸不行了，起先不過是葉子落了，慢慢地連樹幹也乾了。從此之後，我們只好專心培養那僅剩的一棵。我們都沒有種花的經驗，總認為只要它不枯乾，我們一定要延續它的生命。

夏末來了一陣大雨，接著來了颱風，我們鎖了門，去躲避颱風，過了兩天等風雨停了，我們才重返家園。一切面目都變了；圍牆都倒塌了，後面新蓋的房子被風吹的杳無蹤跡，水灌入室內。庭院裡花木盡毀。沈櫻花被倒下的磚牆打斷了主幹。我們將沈櫻花重新安置在園子當中。

就這樣，沈櫻花又挨過了兩個冬天。

經過了那一次的颱風，沈櫻花倒堅強了許多。颱風再來時，毋須人再幫它什麼忙，仍能站立。

它確實找著了生存的秘訣。

所以，這次搬家，我們一致主張把它帶走。

早在一個禮拜以前，我們就著手進行了。父親的計畫很簡單；僱幾個工人，告訴他們挖樹的方法，直接用卡車將樹運走，馬上種好。

現在的沈櫻花，已是一棵老樹了。

工人來的那一天，父親親自帶他們到樹下，告訴他們如何挖。其中有一個工人對父親說：「先生，這樹上的枝葉都要剪去才可以。」

那工人接著又說，像這樣大的樹，是很不容易活的。我們為了顧全它的性命，就任由他們剪去枝葉。從早上九點到十二點，幾個工人輪流挖掘，終於主根出土了。

卡車運至新的地方，將沈櫻花埋在新家的院子裡，這棵樹正對著母親的臥室。

現在樹幹上滿是瘡痕，我用稻草包了稀泥裹住每一個傷口；心想，這樣或許可以為它保存一點生命的餘火。

剛移來的時候，種樹的工人和鄰居們，都說這樹活不久，又何必為它費神呢？我們卻靜靜的觀看著，期望著。

一天，兩天，一個禮拜，兩個禮拜……。

樹上僅有的葉子也脫盡了。我們幾乎完全失望。

誰知過了幾天，我們發現主幹的斜縫裡長出了嫩芽。

不用說，樹是活了。

我們渴望它繼續度過無數個冬天。

大家都相信；明年的春天，沈櫻花會再出現在母親的窗前。

（原載民國六十二年六月八日新生副刊）

茫然

大學一年級的時候，我讀過一篇叫做〈假如我再是大學一年級的學生〉的文章，裡面描寫一位大學畢業生，感慨以往沒有痛下苦功。我心裡暗暗地想：全是廢話，早知要用功，當初為什麼不多準備，……而現在這句話應在我自己身上了。

我望著操場上生龍活虎般的同學，再也找不著一個熟悉的面孔，是冬天的寒意使我們冷縮了？還是內心的焦慮把我門壓扁了？去年冬天同學們還為了爭一個西瓜，在球場上拼得你死我活嗎？他們講明了，贏的那一隊，可以得到一個大西瓜，那時天還下著雨，操場上積水一尺多深，同學們在泥窩裡打滾，而現在，大太陽的天氣，同學們卻木然站在樓上，為什麼？

樓下低年級的女同學在打籃球，我們面對著那批美麗的女同學，竟像面對著十幾個機械人似的。聽不到口哨聲，聽不到叫聲，大家把手插在口袋裡，「大學四年級」似乎把幾年的歡笑也掩埋了。以前，只要一個稍微還過得去的女同學，從走廊經過，我們就會三、五成群地評論不已。

我們會打賭，那個女孩會不會回頭看我們一眼！

偶爾，她回頭望一下，男同學會樂不可支，異口同聲地叫：「她在看我！」

現在，偶爾有一位同學說一句：「好美！」別的同學頂多也不過「嗯」一聲，甚至看也不看一眼。

四年級！這使我們都「衰老」了，每天早晨同學們不再從暖被窩裡爬出來，再也沒有人啃英文了。以前四時即起的習慣也拋棄了，現在我們一睡要到第二天早上七點才起床，這個時間，在一年級的時候，我們剛唸好英文從操場回來，還不到八點就在教室裡了，現在八點十分—學校打上課鈴的時候，我們才慢慢走出寢室。

樣樣都變了，我驚異這迅速的變遷；從前，剛進學校見到校役都會鞠個躬，現在我們看見一年級的同學，左一句報告，右一句報告，我們禁不住要說：「土氣，太土氣，那像個大學生！」

已經上了三年多的課，什麼樣的教授都經歷過，有愛說笑話的，有嚴肅的，有輕鬆的，……然而，不論那一位教授上課，都提不起我們的興趣了。

上課時，教授允許同學們可以自由抽煙，同時改講解式為座談式，學生可以自由發言，不拘形式；這在以前是我們最樂意的，既可以混時間，又不需要太傷神，可是現在不了，同學們反應冷淡，似乎我們連偷懶的興致都沒有了。

以往每當下課時，教授四周總圍著一批同學，彼此熱烈地研討課堂上所講的問題，甚至爭得面紅耳赤，而今不再有同學找教授，教授下了課見不到「問難」的學生，便悻悻地收了課本，到教授休息室去了。從前我們每遇到一個問題，總希望弄個水落石出，現在我們想：世界上有那麼多東西我們不知道，再多一點不知道的東西，也算不了什麼，反正大學四年也學不了什麼。

下課的時候，同學們都彼此對問：「畢業後要出國、考研究所還是就業？」這一句話我們一天不知道要說多少次。有時我們問別人；有時我們問自己。我們彼此安慰：「你一定不成問題？」其實我們自己都清楚，我們到底能做什麼！

中午吃過飯，同學們不再湧向圖書館。我們中間有一段非常可笑的對白：

「哦，你書都唸完了嗎？」

「嗯，唸完了。」

「都唸會了？」

「不！都不會。」

說完了以後，相對苦笑，那情形真有幾分傷感。

每一位同學都像染上了憂鬱症一樣，不時對著飄落的枯葉嘆息。是徬徨，也是感慨。男同學們不再站在女生宿舍前面，從前每當月夜成雙成對漫步校園的情境已成過去，我親眼看見他們經過女生宿舍的大門，卻又悄悄地走進自己的宿舍……。

男、女同學似乎都意識到：大學四年像是一盤棋，而如今這盤棋就要結束了。能帶走的和不能帶走的已很明顯。

偶爾，同學們也談談心，不像以前那樣膚淺，我們學會了現實；從海外來的同學，在談論著回去的輪船、飛機，經過香港、日本……，他們之中有的渴望畢業後再在台灣好好玩一陣，有的打算畢業後立即回到海外。

同學們三五成群地聚在一起，不再談古論今，在我們中間沒有人為以往費神，沉在我們心裡的那一個問題是：畢業以後做什麼？

女同學們淡施脂粉，以往臉上厚厚的脂粉，已隨逝去的歲月而退去，她默禱著那討厭的魚尾紋不要出現！不再有人批評別人的男朋友，不再有人關心別人的婚姻。以往渡洋高飛的願望也漸漸淡薄了。似乎隔海那成噸的美金，再也吸引不住她們了。她們像是滿懷希望，卻又沒有希望。

我們都知道，到了站我們必須下車，可是我們卻盼望著永遠不會到站。望著遠遠的天，一切都顯得更為茫然了。

（原載民國五十六年元月十六日中央副刊）

初戀

那天晚上我第一次站在她家門口，以前我好多次經過她家門口，始終沒有膽子進去。那天月亮很亮，我還沒有按電鈴，她家的門就開了，她，那個我常常想到的女孩，穿著她經常穿的格子裙出現了，她說：「進來吧！」我的心開始像幫浦一樣跳了起來，我幾乎想用手摀住它，使它不致於跳出來。老實說，進入她家她說了些什麼，我已經記不起來了。只記得她說，我這兩天在她家門口逛來逛去，她爸爸媽媽都知道了，今天她爸爸媽媽不在家，她勸我以後不要這樣。我真不敢相信，我竟坐在她家客廳，和她面對面談話，這是不可能的事啊！

她腿很長，臉很大，按說她不是我喜歡的那一型女孩，我喜歡的女孩是瓜子臉、櫻桃小嘴；自從我坐在她家客廳的那一刻起，我整個人像著了魔似地，整天失魂落魄，精神恍惚，天一黑，我就不由自主地逛到她家門口，不停地注視著她房間裡的那盞燈，一直到她房間的燈熄了，我對自己說，她一定睡了，然後才不很情願地回到自己的房間。

在學校裡，我只要看見她和別的男同學多說幾句話或者多表示一點關心，我心裡就有一種說不出的難受，覺得自己被冷落了。即使走在路上我都幻想著有一天能和她生活在一起。儘管有時想到她體型高大，相形之下我顯得比較瘦小，站在一起是那麼不搭調，我也不在乎。

離第一次到她家已經有一個多月了，那一天下午學校沒有課，我鼓起勇氣去按她家的電鈴，她父親來開門，我一時情急就說我是來借鋸子的，她父親叫她去拿鋸子，當她把鋸子遞給我時，她說：「我們家鋸子好久沒用了，都生銹了，不知道還能不能用？」她說話的神情，好像我們從來沒有見過似地。

那年夏天，我考上外地的學校，就在我即將離開家到學校去住的那一天，我在我們家巷口遇見她，我約她到附近冰果室坐坐，我們談到以前一起補英文時，有一天老師不在，我們比賽唱歌，當時她無意間唱了一首名叫「給我一個吻」的歌，引起男同學一陣騷動，她聽我提到這一段往事，一面玩弄著杯子裡的吸管一面說：「那是很久很久以前的事了。」

「我們是不可能在一起的。」她淡淡地說。

「為什麼？」我問她，她不肯說還堅持要先行離去。冰果室本來人就不多，她離開後，更顯得冷清，冰果室的服務小姐看見我一個人坐在那裡發呆，以為我和女朋友吵架了，就過來半開玩笑地對我說：「小姐走了，還不快追過去？」等我走出冰果店她已不知去向。

幾年後，我又在我們家大門口的大榕樹下遇見她，那時她已結婚並且是兩個孩子的母親。

我們相對良久都不知道該說什麼。

「聽說你還沒結婚。」她先開口問我。我點點頭，「你的胃還疼不疼？」難得她還記得我有胃疼的毛病，我告訴她我的胃疼已經好了，已經多年沒有患了，她好像有點不相信；她勸我早點結婚，好有人照料，我看得出她是真心的。

又過了幾年，我們不約而同地都去參加一位長輩的喪禮，喪禮完畢後一同離去；那時我已結婚，而且做了一個孩子的爸爸。

「你知道當年我為什麼離開你嗎？」她接著說出了埋在她心裡很久的一段往事：「就在你第一次到我家不久，有一天晚上你母親來找我母親，那時天已很晚，我已熄燈正準備睡覺，隱隱約約聽到你母親說她反對我們交往，我母親也認為我們不應該在一起……。」

「為什麼？」我忍不住打斷她的話。

「你母親說我比你年齡大，那天晚上我想了一夜，既然我們雙方的母親都反對，而且我也確實年齡比你大，就決定和你分手。」

「當時為什麼不告訴我？」

「有用嗎？」

正說著話，她要搭的公車到了，她和我說聲再見，就上了車。

當車子疾駛而去時，她的影子也在我眼前像風一樣消失了。

（原載民國八十一年五月十日台灣副刊）

河水依舊流

我坐在淡水河邊的一間小飲食店裡，前面是一條小街，街口就是淡水河的河堤，街那頭有一間大廟，一條黃狗蹲在牆角，除了可肯定那條黃狗絕不是三十年前那一條黃狗以外，其他一切情景彷彿三十年前的模樣，景色依舊。

三十年前，當我還是一個中學生的時候，那時因著胃病，醫生囑咐要少量多餐，中午休息的時候，我吃的是一杯牛奶、兩片土司，而這個小店是我經常光顧的地方，每天中午我口袋裡總是放了一枝筆、一本記事簿，來到小店坐下來，渡過一個小時休閒時刻，一面喝牛奶，一面掏出口袋裡的紙、筆；有時畫一畫天空朵朵白雲，有時畫一畫河邊漫步的鴨子，有時也寫一點像詩又不像詩的東西。店老闆是個老婦人，我畫畫的時候，有時候會有小孩子跑過來，她見小孩子打擾我，就過來把孩子們趕走：「走開，客人要吃東西。」

我畫畫的時候，有一次看見一個小女孩坐在店門口洗碗。

我不由自主地說：「妳瞧！這些沙，這陣風，好美！好涼爽！」接著我自我陶醉地念著：

「那是一條滿載流沙的河，
大地一片模糊。
一個孤寂的靈魂，
在沙漠中徘徊；
啊！嗚咽吧，淡水河！」

「那裡有沙漠？」小女孩一臉狐疑：「我看不見啊！」

「那就是啊！」我指著河邊的沙地。

「那不是沙漠，那不過是沙灘罷了！」

風沙不停，街道上本來就沒有什麼人跡，又是中午時刻，更顯得格外冷清，河邊有一個萬人塚，我閒著無聊，就找住在塚邊的老人聊天，從老人的口中得知，原來二次大戰時，許多人死在那邊，死後無人認領，就一股腦地葬在一堆。

河邊的細柳頗讓人留戀，細柳在清風中搖曳，坐在樹下使人有一種思古之幽情，河邊景色美，上繪畫課的時候，老師常帶我們到河邊去寫生，雖然已經是高中生了，貪玩的個性仍然和初中學生一樣，學校的籬笆是竹片釘成的，調皮的同學把鐵釘弄鬆了，做成一個活動的門，利用下課的時間，一個個偷偷溜出去，等到上課鈴響了，再一個個溜進來；雖然只有短短的十分鐘，但籬笆外的大榕樹，榕樹上的大繩索，還有榕樹旁結實纍纍的芭樂樹，真是太引誘人了；我們寧可上課遲到，挨老師罰站，也忍不住要到河邊逛逛。

夏日中午，最讓我們喜悅的是稻田裡那些成堆的稻草，為得要躺在草堆上，聞那稻草清新的味道，我們把稻草舖在田地裡，整個人在草堆裡翻滾；草和人混成一體，有說不出的自在，玩的興起，在稻田裡捉迷藏，成束的稻草成了我們最佳的屏障，七、八個孩子玩捉迷藏，田地裡豎起二十幾個小草堆，你根本看不出那一個草堆背後有人！有時一連踢倒了眼前五、六個草堆，發現都沒有人，正懷疑人都躲在那裡的時候？忽然你身後的草堆竟然跑了起來，飛也似地衝向本壘……。

除了風沙、樹及稻草之外，面孔姣好的女同學也是我們男孩子最喜歡取笑的對象，上課的時候，用橡皮筋把紙彈射向女生，遞紙條都是司空見慣的事，我們是男女合班，班上的男生只要和某一個女生多說一句話，經大家一喧嚷，好像這兩位同學已經私訂終身似地，要是不巧，第二天他們又搭同一班公車上學，這下可熱鬧了，同學們準會說，他們可真是分不開了，黏得緊呢！連上學的路上也不放過。因此那些和女同學多說了幾句話的男生，害得女同學們下次見了他們像是遇到瘟疫一樣躲的老遠。

快樂的時光總是過的特別快，一到高三，轉眼就要考大學了，我們開始卯足了勁，要拼個你死我活。

這時圖書館、實驗室成了我每天必到之處，進入圖書館一攤開書才發現不知道的有那麼多，沒有一種課程有把握。一進入實驗室，除了最簡單的化學反應會做以外，別的一概沒轍；每天從早到晚只知道一個勁的往書堆裡鑽，因為眼前是一場戰爭，雖然沒有流血，但心在滴血，汗直往外流；人真不能十全十美；高一、高二兩年的安逸、快樂的生活，即使用一整年的辛勞也補不完那失去的歲月，結果高三畢業的那一年沒有考上大學，硬是又苦讀了一年才考上。當然事過境遷，我很難說那個是好，那個是壞，應該從高一開始就上緊發條還是到了高三再拼命？究竟哪一個是對的？畢竟一個人只能同時以一種方式活著，歷史不會重現。

淡水河的河水依舊流著，小店依舊賣著牛奶、麵包，大廟依然矗立著，只是當年我一手握著筆畫畫、寫詩的情景不再重現，我盼望能坐著南瓜變成的馬車重回昔日，重溫昔日溫馨的往事。

（原載民國七十九年六月七日新生副刊）

輯三

生活、省思、戲

電梯

電梯是現代文明生活的一大特色，尤其建築向高空發展的今日，沒有電梯，實在寸步難行。

我們通常所說的電梯有兩種，一種是百貨公司．飛機場等地所使用的，呈斜坡式移動的，這種電梯英文叫做escalator，如照字面上翻譯應叫自動梯，另一種是高樓建築物內使用的，幾尺寬的小箱子，英文叫做elevator，翻成中文可以叫做升降機。

先說自動梯，自動梯所佔的空間大，必須不停地轉動，所以耗費電量很大，它的好處是運輸量大，適合於人多的地方，所以一般大百貨公司都使用自動梯。

升降機大都用於辦公大樓，為了節省空間和動力，升降機採直升直降式，你可別瞧不起那幾尺見方的小東西，每天不知道有多少人靠它平步升雲，開始一天忙碌的生活，如果有一天不幸停電了，你可以想像得出從衡陽路到西門町，成千上萬的人群像螞蟻一樣擁上樓去，那種艱苦的情形，必不亞於漢尼拔的軍隊攀登阿爾卑斯山。

有許多住在郊區的市民為了趕八點鐘上班，每天起個大早，光擠公車已經費了不少氣力，到了辦公室還要在電梯口排隊，一等就是大半天，怎麼不令人心急。

電梯不像公共汽車，在公共汽車上司機一聲令下，上車的人可以發揮衝鋒陷陣的精神，拼命往裡面擠；電梯就不同了，一超重，鈴聲立即大作誰也甭想再擠進去。

這樣一來，等電梯比等公共汽車還辛苦

那些趕著上班簽到的人，等不及坐電梯，只得走向乏人問津的樓梯，很不情願地走那遙遠的路。

說實在的，在狹窄的電梯中滋味並不好受，電梯上面雖有風扇可以通風，但電梯裡擠滿了人，站在裡面手腳都動彈不得，再精明的人一擠進電梯，就像呆頭鵝一樣傻傻地站著，見了熟人也只能眨眨眼略為致意，其他的動作只得免了，倘若你感冒了，要打噴嚏，也得千忍百忍，可不能在電梯裡打噴嚏，在此彈丸之地，一個噴嚏的威力不下於一枚原子彈。

步出電梯，一天的生活真正開始了，也許九點鐘有一位客人來和你談話，也許一件棘手的的案子正等著你處理，那一個坐在辦公桌前的人不為生活絞盡腦汁呢？不論你多爽朗，離開電梯進入辦公室的那一刻，你多少會體出人生是有嚴肅的一面的。

當你正忙著工作時，電梯倒顯得清靜了，空蕩蕩地停在那兒，彷彿在向你示威！畢竟機器與人類不同，它從不為今日操心也不為明日憂愁。

辛苦了一天，好不容易下班了，離開辦公室的第一件事就是等電梯，當你像小鳥一樣進入電梯時，電梯每停下來一次，你就會看見電梯門口幾個焦急的等著搭電梯的面孔——他們巴望著能在這尺許之地謀得一席立足之地。

生長在這變與動的社會裡，什麼也比不上出了電梯，走在馬路上的那一種閑逸心情更使人快活，好像整個世界都拋到腦後了。

在這電梯上、下之間，社會靠人們的血汗逐漸進步，許多問題得以解決，當電梯把人們送到高樓的同時，你可曾想到人類的智慧、能力又向前邁了一步，隨著徐徐上升的電梯，人們由一種生活變換成另一種生活，當你步出電梯，走在馬路上，你必然知道，這不過是暫時的休息，明天早晨，當旭日東昇時，你又要面對一個新的挑戰，一個更新的局面等著你去開創。

（原載民國六十四年元月二十七日新生副刊）

借書

我的書櫥裡放著三本借來的書，曾經有好幾次我想還給書的主人，但後來不知怎的一直沒有還回去，最近我下定決心一定要還給書主，借書還書本來就是天經地義的事，不值得大書特書，但因這三本書已隨著我過了一段日子，有的甚至已過了三十幾年，遽然分手，不免有點依依不捨。

第一本書是一本舊版的英漢字典，是三十幾年前借的，那時我正唸初中，除了英文以外別的功課都還過得去，英文老是考不及格：我們家附近住了一位劉老太太，她有一個兒子兩個女兒，三個都上了大學，他大兒子的英文更是好的沒話說，母親抱著求教的心理，帶著我登門拜訪，想請教她怎樣才能把英文唸好。

「唸英文，那有什麼秘訣？我們家老大，每天放學回來，只知道抱著字典不放。」說著說著她從書房裡拿出一本英漢字典：「這本字典是以前他用的，就借給你家少爺吧！」

我接過字典，像是捧著寶貝似的，回到家，我依樣葫蘆，凡是遇到生字就查一下字典，這本字典是民國二十年印製的，字典的主人每查一個字，就用鋼筆在那個字前做一個記號，整本字典一共一千三百二十九頁，每頁上都有好幾個記號，可見主人真是用功。我查字典看見這些記號很受鼓勵，由於字典的幫助，再加上鍥而不捨地用功，終於使英文稍微有一點基礎。

另一本書是一本五線譜的歌本，那是我唸大學的時候向一位師母借的，當時對唱歌很有興趣，而一般的歌譜都是簡譜而且是單音，唱起來有點單調。有一天我在師母的書櫥裡，發現這本五線譜的歌本就借了來，利用課餘的時間，約了幾位喜歡唱歌的同學，到那一間擺著風琴的教室自彈自唱，生活十分悠閒。我每次看到這本歌本就想起那段消遙的日子。

還有一本書是橘中秘。

這本書是一位象棋好手借給我的，他喜歡從象棋談人生，言談間含有許多哲理，他見我對象棋也有興趣就說：「我借給你一本學象棋的書吧！」這本書就是橘中秘。

他借給我這本書的時候我已經是三個孩子的爸爸，白天上班，晚上還要忙著照顧孩子，根本沒有時間下象棋。書借回來之後，除了借書當天翻了翻就再也沒有摸過，這一次整理書櫥，才發現還有這本書。

書借了這麼久才還，實在對不起書的主人，現在記下來除了表示歉意之外，同時也提醒自己，借書一定要儘快還，畢竟好借好還，再借不難！

（原載民國七十九年十二月二十八日台灣副刊）

陪考記

七月八、九日是高中聯考，事先就決定高中聯考由我陪孩子去，五專聯考則由妻陪孩子。考試前一天，我們看完考場回家，孩子提出要求，要他媽媽也陪著去，兒子既提出要求，做母親的自然就一口答應。

考場烏壓壓的一片人海，校門口擠滿了賣文具的、賣試題的及補習班分送廣告的，……這些景象和三十年前，我參加考試的時候並沒有兩樣。

孩子的考場是在四樓，我們就在考場附近的樹蔭下找著一塊空地，把報紙舖在地上，離考試的時間還有一個小時，這時學校的老師也來了，接著校長、教務主任都來了，他們為了怕孩子們緊張，就安慰孩子說：「不要怕，你不會的，他不會考。」一聽老師們說，他們等一會還要趕到別的考場，給別的學生打氣，多半的考生是有家長陪考的，偶爾有幾個家長實在沒有辦法分身，老師就坐在那些孩子身邊，頻頻流露關懷之意。

孩子們進了考場，老師們過來和我們聊天，建議我們，孩子考完試後，不要問孩子們考的怎麼樣，這樣會帶給孩子更大的壓力，影響孩子下一堂考試。

考完國文，孩子面露微笑走下樓來，我們聽了老師的話，不問孩子考得如何，只問作文是什麼題目，「泥土」孩子一說這個題目，我心裡就覺得蠻舒坦的。

今年大專聯考的作文題目：變，以及國中聯考的題目：泥土，都比以前的作文題目靈活，讓孩子們有更多發揮的空間。

孩子既坐下來，妻就把開水遞給孩子，孩子在旁邊看書，妻就在他身旁為他趕蚊子、搧扇子，又掏出紙巾為孩子擦汗；這不就是三十幾年前，母親陪我考試的寫照嗎？只是那時母親比現在妻年紀要大，那時母親在我身旁一句話也沒有說，他既沒有問我考的好不好，也不叮嚀我要多下工夫，整天考試，只聽到母親說過一句話：「孩子，盡力就行了。」是安慰，也是鼓勵。

第二堂考試孩子進入考場，天氣有點熱起來，原本希望天氣涼快一點，看樣子不能如願了。

中午休息時間有兩個多小時，我們吃過了飯，回到原來休息的樹下，老師也趕過來了，老師說，有的考場樹蔭少，人又多，陪考的家長不像我們這樣幸運，有的地方擠滿了人，走都走不過去。

孩子休息了半個多鐘頭，洗過臉，就又進考場了，這次考試時間是八十分鐘，妻要坐著休息一下，我離開考場往外走，想擺脫一下考場那種緊張的氣氛。

考場四周有不少小吃店、休閒中心、超級市場，比起考場的人來說顯得格外少，好像這些地方的人從來不知道就在他們附近的那個學校裡，成千的學生，正在進行一種激烈的競爭，咫尺天涯，給人一種截然不同的感受。

我到附近一家書店走走，翻翻書架上的書，我看了馬克吐溫的《頑童歷險記》，又翻了翻《全世界知名大學介紹》；我心裡希望藉著考試，激發孩子追求知識的雄心大志，海闊天空，使孩子永遠不囿於狹小的已知的知識囹圄，一直是我心中的期盼。

再回到考場已是下午三時二十分，離下課只有半個鐘頭了。

「我以為你忘了回來了。」妻打趣地說。

「忘不了，總是要回來的。」

（原載民國八十一年七月十五日台灣副刊）

住院札記

下午我看見一隊精神病人列隊去洗澡，有的大叫，有的把毛巾頂在頭上，有的被人用布條拴著，有人赤著腳，……室友說這些精神病患被隔離在特殊的病房，有時還需要電療；人一生病到這種地步，真令人同情。

我不過是胃潰瘍，住幾天醫院等血止住了，就可以出院了，而精神病患呢？人無論在什麼境遇都該想到那些比你更不幸的人，想到他們，自怨自艾的心就淡了，有時往壞處想，自以為是世上最苦的人，其實肉身上的痛苦豈能和精神上長時間的失常相比！

病房中有一個長期病號，他是個獨腿老人，他每天下午必定搬個椅子，坐在走廊上望著他剩下的那條腿，聽說他已經住了好幾個月了，從來沒有人問他怎麼失去另一隻腿的？他會不會像白鯨記裡那個老船長，也有一段悲慘的往事！人或將失去一條腿，但絕不能失去一顆剛毅的心！

今天醫生來的特別早，他先到對面七〇五室去，我隔著窗子看見他掀開三十四床的床單，點點頭，站在他旁邊的護士就把床邊的氧氣筒推走；三十四號床的病人已經死了。

人的生命太渺小了，七〇五室已經死了兩位，他們活著的時候和我們有說有笑，誰知一夜之隔就離我們而去，

生與死的差別在那裡？是不是心臟停止跳動就是死？

俄國人尼克夫斯基說心臟停止只是「臨床死亡」。他說一個大學教授心臟停止了一個小時以後，又活了過來！那麼到底什麼是死啊！是停止呼吸？還是心臟停止跳動？算了，我累了，不想再想了，睡個覺吧！

人要追求的是永恆的生命，是永不止息的，老成凋謝，嬰孩出生，本是人間最簡單的真理；就生命整體而言，生生死死，晨曦晚霞，光明陰霾，都說明生命的意義啊！

我很想問一問醫生，為什麼停放屍體的地方要叫「太平間」，是不是說人一死就太平了，不能叫，不能喊，不能吃，像那個前天晚上還大叫大喊的大個子那樣，一夜之間不再有氣息，不再有聲音。

我倒是很喜歡《戰爭與和平》中那個垂死還熱愛生命的戰士，活著應熱愛生命，愛到你只剩下最後一口氣，要活，不要死，寧可奮力求生，也不要死後的太平。

生命比金錢、名、利更值得我們珍惜，要熱愛生命，珍愛生命的人才會享受人生。

今天下午要出院，好友劉君來看我問我寂寞嗎？我點點頭，寂寞是眼睛看不見的，但是寂寞的人自己可以感受得到。

小姑獨處是一種寂寞，

義士落魄是一種寂寞，

老人的黃昏是一種寂寞，

旅客的孤零是一種寂寞，

病中的寂寞有另一種感受，病中惟一的希望就是快快好起來，能在病中耐得住寂寞真不容易。

出院了，外面的空氣真好！我要好好生活！

（原載民國八十二年十月、副刊）

風箏

羅東冬山國校的風箏在國內頗負盛名。三月十六日，我有機會前往參觀。接待我們的林老先生一見面就說：「是看風箏的吧！」隨即帶我們到一個上了鎖的教室「風箏就在這個教室裡。」

好多風箏，牆上掛著的是宮燈、老鷹、蜜蜂、雁及香菇；天花板上吊的是飛機和蜈蚣；桌子上放的是楊桃、玉米、鳳梨和甲蟲等各式各樣的風箏。

「這些楊桃、玉米風箏都能飛上天嗎？」我好奇地問。

「當然行啊！這些都表演過啊！」說著說著林老先生拿出一疊照片，有靜態的，也有動態的；靜態的照片上顯示一個個玉米、宮燈及楊桃四平八穩的擺在地上，動態的照片則看見一個個玉米、宮燈及楊桃飄揚在空中。

我們一面參觀，一面聽林老先生講解有關風箏的事：

通常風箏分為兩種，一種是大風箏，它的長度在一公尺以上，像龍、蜈蚣都屬於這一種，一般參加風箏比賽的也大都是這一種；另一種是小風箏，長度在一公尺以下，這些全是學生們做著玩的。

風箏是否能飛上天空與製作風箏所用的支幹的粗細及風力大小有密切的關係，粗的枝幹做的風箏祇能在強風的天氣使用。在微風的天氣裡，做風爭的支架越細越好，風箏輕才容易飛上去。

風箏能飛上天，除了做風箏的人技術之外，最重要的應是風力與風速，如果沒有風，即使做風箏的人再有本事，做出來的風箏也是飛不起來的。至於放風箏比賽，通常是參加比賽的人在草地上拉著風箏跑，風箏被風帶動，會徐徐上升，然後再慢慢滑下來，裁判根據風箏上升以及下降的情形評分，通常做的好的風箏上升以及滑下來都是平平穩穩地不會左右搖擺。

有些外表看起來很漂亮的風箏不一定能飛的高；一般人以為綁風箏的繩子應該綁在風箏的中間，其實不然，應該稍微低一點使風箏著力後會向前仰起；小風箏尾巴上繫著長長的穗子，那是為了達到平衡的目的。

放風箏的地方要空曠，如果周圍有山阻擋，就容易形成亂流，使風箏在飛行中會一頭栽下來。風箏飛的愈高就愈穩當。現在國外還流行一種「打架風箏」比賽，每隻風箏帶著鋸齒，比賽時放風箏的人不但要把風箏放得高，而且還要會操縱風箏使其飄到對方的風箏旁邊，把對方的風箏鋸下來者得勝。

風箏能否飛得高，有三個要件：

第一：風箏要輕。

第二：風箏要堅固。

第三：繩子要繫在著風點上。

說到這裡，林老先生笑一笑說：「當然啦！風箏最重要的條件還是風；如果沒有風，風箏怎麼也是飛不上去的。」

歸途中，想起林老先生對風箏的一番解釋聯想到人生何嘗不是如此，做事要量力而為，才能經的起強風，躲過亂流，否則好高騖遠，注定失敗。

（原載民國七十八年五月號台塑企業雜誌）

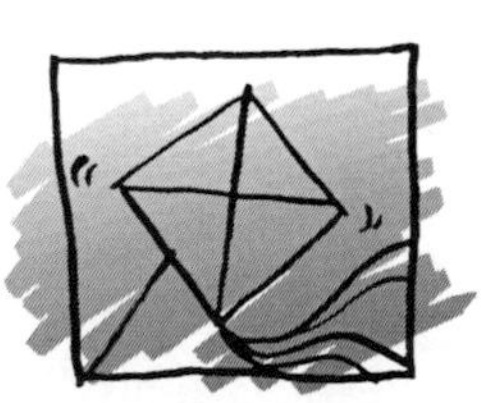

口袋裡的秘密

阿唐叔叔是個很會說故事的人，他經常到我們住的大雜院來，說故事給我們聽，我們一看到他來，就不約而同地，蹲在大樹下聽他講故事，他說的故事很多，其中我們最喜歡聽的有三國演義、白雪公主和黃巢造反，有一次他說黃巢造反前，曾經住在一個廟裡，有一個書生為了躲避災難就躲在一棵樹心已空的大樹裡，阿唐叔叔指著我們身旁的大樹說：「那棵樹就像這棵樹那麼粗，黃巢夜間起來祭刀，來到樹下，一刀向枯樹砍去，書生的人頭隨之落地。」

當時聽完了這個故事，我竟傻傻地跑到大樹下，敲一敲大樹的樹幹，好像那個可憐的書生還藏在裡面似的。

他說故事的時候，有時會從口袋裡拿出一個布袋戲用的人頭，說那是張飛的人頭，有時又會拿出一個臘製的蘋果，說這是白雪公主那個壞心皇后的毒蘋果，他的口袋裡好像裝了許許多多的東西。

一連好幾個禮拜，阿唐叔叔沒有到我們住的大雜院來，聽別人說阿唐叔叔生病了，有一個禮拜天下午，我們這一群經常聽他講故事的孩子，就相約到他住的小木屋去看他；他住的地方佈置得很簡單，兩張椅子、一張桌子、一個衣架和一張床。

「你平常講故事用的那些東西放在那裡？」我們問他。

他打開桌子的抽屜，裡面的東西可真不少，有張飛的木製人頭、壞心皇后的毒蘋果、白雪公主母后用的繡花針、孔明的扇子以及關公用的關刀。

「口袋裡還有些什麼？」我們指著掛在木架上，他經常穿的那件夾克問他。

他把口袋裡的東西一件一件掏出來。

「這是我的小筆記本。」

「這是我畫圖用的白紙。」

「這是一把口琴。」

等到翻到最後一個口袋時，他遲疑了一會兒。

「那個口袋裡放了什麼？」我們問他。

他十分不情願地，把那個口袋裡的東西掏出來，那是一張泛黃的女孩子的照片。

我們吵著要他告訴我們照片中的女孩是誰？

他嘆了口氣，沒有回答我們，一直到我們離開他住的地方，他始終沒有告訴我們照片中的女孩是誰？

這事以後，阿唐叔叔還是照樣到我們住的大雜院來講故事給我們聽，他的故事依舊十分精彩，我們都很喜歡。

過了幾年，我稍微長大，稍微懂事，我覺得以前我們一直吵著要阿唐叔叔說出他不願說的事，是很不應該的。當一個人已經費盡心力把他的快樂分給我們時，我們卻還是不停地，挖掘埋藏在他心裡的秘密，實在是太殘忍了！

（原載民國八十二年七月二日新生副刊）

門

《說文解字》說：「門者闔也，內可闔於外，外可闔於內，於室曰戶，保財貨；對外為門，以通內外。」

我對門最早的記憶是家鄉那一扇木造門，在我眼裡門最大的用途是用來壓碎核桃，每當我把核桃放在門下，把門往裡慢慢擠下去，壓碎了核桃，一塊一塊的小核桃仁出現了，在我的心目裡，可以享受小小的核桃仁是童年一大樂事。

到了台灣，我們住在木造房子裡，有一天晚上，我的同學來約我出去玩，雖然母親一再囑咐，要在家寫功課，不能出去玩，但終究抵不過同學的勸說，當時我把屋子的燈全部打亮，窗戶也打開，門也打開，心裡想：以前孔明用空城計，不是嚇退敵人嗎？一切都安排好了，我就大搖大擺地出去了，後來母親回來，發現房門大開，家裡不見一人，幾乎暈倒，母親把我從同學家中叫回來，問明了，事情的來由，好好地責打我一頓：「我打死你這個孔明，看你下次還敢不敢！」

當時我雖然不太了解何以我不能在夜間把房門打開，但學到了一件別人可能以為是必然的事，那就是「夜間外出一定要關門。」

上中學的時候，我們學校門口就是一條大馬路，雖然每次放學都有老師站在馬路兩旁引導我們過馬路，免得我們被來往的車子壓到，學校當局還是在大門外的牆壁上貼了一張醒目的標語，上面寫著：「走出校門，步步留神。」我們每天上學、放學都要經過大門，每一次都會看到這八個字，這八個字的本意只是勸我們留意過往的車輛，原本並不值得大書特寫；我初中畢業離開學校，考進鄰鎮的高中，雖然如此，但是住家仍然不變，所以每次上街經過學校大門，仍然會看到那醒目的標語。

求學、就業、結婚和生子，慢慢地體會出，在學校的大門內是一個保護，走出校門不但要耽心來往的車輛，還要步步留神，不要讓私慾矇蔽心眼，要留意不要隨波逐流！要……「走出校門，步步留神。」它深深地提醒我在門內所學的，要格外小心門外的生活。

上了大學，有一次無意間讀了房龍的《人類的故事》，作者在序言裡描述他幼年時的一段經歷，他的叔父有一次帶他到一個教堂的塔頂，那個塔相當高，他們一層一層往上爬，他們在塔裡先是看見一些已死之人的遺物，又看見數百隻鴿子棲身之所、吊鐘，最後她們爬到塔頂的陽台，從那裡他們看到了整個城市，他們終於看到了平時看不到的東西。

作者是這樣的描寫著：要瀏覽全景，不是一件容易的事，那兒沒有電梯，但是青年人卻有能夠爬上去的有力的雙腳。

就像房龍幼年時的經歷一樣，他不但擁有一扇門，同時也有了門上的鑰匙。

在我這人生的無數個門的經歷中，在學校的圖書館裡看見了知識領域的那一道門，而這一扇門是握在我的手中，那次之後，我逐漸領會，原來人生有許多看不見的門，你開了一扇，必須再開另一扇，也許終我們一生也無法打開所有的門，但就著我們已打開的門，門內的一切已足以使我們仰天長嘆，不虛此生了。

（原載民國八十一年二月二十八日台灣副刊）

賣藝的人

地下道裡經常看到賣藝的人，有彈吉他的、吹口琴的、清唱的還有玩雜耍的，他們把帽子翻開擺在地上，當路人經過的時候，他們就開始表演，地下道除了兩邊的出入口外，都是牆壁，聲音可以集中，聽起來特別清楚，有的人表演的的確不錯，過路的人紛紛把五元、十元的硬幣，甚至有百元的鈔票丟進他們的帽子裡，也有表演平平的，他們擺在地上的帽子裡，就只有寥寥數枚硬幣，雖然表演者依舊賣力的演出，總吸引不了過路的行人。

這些賣藝的人，大都是外國人，有白人也有黑人，與我小時候所看見的完全不同，以前我見過的賣藝人，都是我們自己的同胞，通常是帶著胡琴，一家挨一家地討個賞錢。在記憶中有個中年男士，每次都帶著一個面目清秀的小女孩，在我們家門口拉胡琴，胡琴聲如泣如訴，即使當時我還是一個不懂事的小孩，聽起來也會悲傷不已。

現在時代變了，賣藝的人也變了，不再是以前哭喪著臉，苦苦地向別人哀求的窮人了，取而代之的是外國來的遊客，他們大都是自助旅行的人，或許是民族性不同吧！即使是他們向別人求取幫助時，臉上仍然帶著微笑，他們彈奏的吉他，不再是以前悲哀、淒苦的音調，反而是一種高亢，使人振奮的調子，他們演奏時怡然自得，渾然忘我！

我曾經遠遠地望著一個吹口琴的賣藝人，他一次又一次重複地吹奏一首並不十分好聽的歌曲，他全身貫注地吹著，雖然他現在是在行人稀少的地下道裡，但讓人感覺他彷彿是站在國家歌劇院的舞台上似地，他表演的神情使我十分佩服。

縱然賣藝的人變了，但是生活依舊是不變的，有一次我經過地下道要到我上班的地方，我深深地感覺生活就是一連串的奮鬥，這些賣藝者和我一樣，也是為生活而奮鬥啊！我們奮鬥的方式儘管不同，但人類的基本本能——求生存都是一樣的；整個社會不正像一個舞台嗎？人人都在這舞台上盡力地演出，無非是要求生存，這和我們的祖先在山洞裡拿著木棍、石器抵擋野獸的攻擊以求生存的情形沒有兩樣；我們每個人不都也像街頭的賣藝人一樣，企圖把自己的本事展示在人生的舞台上嗎？

生活有時會帶給人無限歡娛，有時也會使人流出悲傷的眼淚，但不管如何，生活仍將繼續，就像地下道裡的賣藝人一樣，第二天還必須在地下道中出現，即使他不想再重複來到他上次去過的地下道，他依然會在另一個地方，向著另外一批人，展示他的才藝。

每個人都是賣藝的人，每個人在他一生中都持續不斷地把自己展示出來。儘管有時並不一定能獲得許多的掌聲，但對一個賣藝的人來說，他所能展示在別人面前的東西總是最好的。

（原載民國八十一年十月十三日台灣副刊）

大仙

新埔市場的巷子裡，有一群人正跟著一個衣著邋遢的人，這個人脖子上套了一個花領帶，腳下穿著拖鞋，一面走，一面跳，路邊賣菜的人看見他走過就大聲喊叫：「瘋子！瘋子！」

跟在他身後的倒也奇怪，有小孩，有穿著時髦的少婦，還有嘴裡咬著檳榔的中年男子。

「注意！注意他的右手！」忽然跟在他身後的人群中有人大喊，原來瘋子的右手指著路邊一個招牌上大大的七。

跟在瘋子後面的人，有人就掏出筆來在紙上就寫了個七，瘋子轉到另外一個巷子裡，後面的人仍然跟著，像是小孩子在玩母雞帶小雞的遊戲，只是帶頭的瘋子舉止十分怪異，有時哭，有時叫，後面跟著的人卻一本正經，煞有其事地跟著，只有跟在最後頭的小孩子，嘻嘻哈哈地純粹是好玩。

據說這個瘋子曾經把明牌告訴市場裡賣肉的小販，讓他發了一筆財。

從那次以後，瘋子身後成天都跟著一大群人，但瘋子通常都不太講話，為了讓瘋子開口，有的人就買東西給瘋子吃，有的人甚至買漂亮的衣服給瘋子穿，瘋子穿了新衣服高興地手舞足蹈，一會兒爬到賣蕃茄的水果架上，一會兒又拿架子上的香蕉吃，瘋子吃香蕉，自然會有跟在他後面求明牌的人為他付錢，瘋子也好像知道自己的身分特殊，一會兒拿橘子，一會兒拿葡萄，跟在他後面的人耐心地等著，有的人從早上六、七點鐘就跟著他，一跟就是一天，中午的時候就買個麵包充飢，他們認為瘋子一定知道明牌，等到他高興了，一定會說出來，瘋子吃過東西就靠在水果攤上睡起覺來，一連好幾天，瘋子都是吃飽了睡，睡飽了吃。

眼看就要開獎了，瘋子一直沒有把明牌說出來，有人想出一個點子，把寫上號碼的筷子擺在瘋子面前，瘋子不知道是故意的還是巧合，從一大堆筷子裡抽出了兩根，這時候大家一擁而上，去搶瘋子手中的筷子，瘋子被嚇住了，拔腳就跑，人們就跟在他後面追。

瘋子雖瘋腳程卻不慢，先是小孩子覺得追瘋子不好玩，就不追了，接著婦女也跑不動了，最後兩個強壯的男子，追上去抱住他，從他手中搶過筷子。瘋子縮在牆腳裡發抖。

當天那些人就照著筷子上的號碼簽賭，第二天開獎，整個市場像一座空城，除了路邊幾隻貓、狗之外，一個人也沒有，市場賣菜的人都在家裡等著開獎。

開獎後瘋子依舊坐在菜市口的石墩上，但那一天的氣氛跟往常不一樣，每一個人都低著頭，好像是遇到了很難過的事。

有人走到瘋子身邊朝他吐口水，並說：「死瘋子，騙人的。」

瘋子好像還不知道昨天他筷子上的號碼沒有簽中，他又伸手去拿蕃茄，賣蕃茄的把瘋子趕走：「不要碰蕃茄，這是要賣的。」

瘋子又想去拿葡萄，又被人趕走。

市場開始流傳：瘋子根本就不是什麼大仙，他也不懂什麼明牌。

不再有人跟在瘋子後面，瘋子也不再又蹦又跳。

市場恢復了往日的平靜。瘋子也不知道什麼時候離開了市場，沒有人知道他到那裡去了；直到有一天，我在萬華火車站對面，無意間看見一個衣著整齊很體面的人，「是他，那個瘋子！」我一眼就認出他來，他也看見了我，並朝我詭祕地笑了笑。

我真不信，他是瘋子！他是瘋子嗎？

（原載民國七十九年五月三十一日台灣副刊）

把戲

在洛杉磯，蒙特利公園的草坪上，岫光拉著我的手，「大伯，再變一次手帕的魔術好嗎？」

我笑了笑，拿出手帕，在岫光和他朋友面前打一個結，然後把結拉緊，一隻手握著剛打好的結，另一隻手把手帕拉開蓋住那個結以及握著結的那隻手。

「好了。」我說：「吹口氣吧！」

岫光朝著手帕猛吹一口氣，我把手一抖，結立刻鬆了。這個小把戲，是小時候我的表哥教我的，每逢我遇到熟悉的小孩，就忍不住想表演一下，孩子們看了固然高興，而最興奮的莫過於我了。從孩子們的臉上，我看得出他們無比的好奇與驚喜，就像童年時期的我一樣。

因著戰爭的緣故，我的童年有半年是在蘇北的鄉下度過，那時我才六歲，住在鄉下的親戚家裡，我的表哥，也就是後來教我變把戲的，就住在我們家附近，平時他常到我們家來教我踢毽子、玩彈弓，有一天他帶我到野地裡去玩，他說：「豫泰，你看這裡有一個小瓶子，裡面裝了魔術藥水，我只要用麥草桿沾一點藥水就可以吹出許多水泡！」

他一面說一面把麥草桿放進小瓶子裡，再把它拿出來，然後朝我臉上吹來。水泡從桿子尖端一個個冒出，飄蕩在陽光燦爛的田野，顯得十分美麗。

「哇！好大的泡泡！」我大叫起來。

它把麥桿和小瓶子遞給我，陪著我在田地裡玩了一個上午。當然，我並不知道那小瓶裡裝的只是肥皀水。

表哥每一次到我們家的時候，都穿著一件破舊的短大衣，還沒有進門就大聲吆喝著：「魔術師來了！魔術師來了！」他自稱是魔術師可以變出來我想要的任何東西。

他總是叫我先閉起眼睛，把我想要的東西說出來；我通常都會說一、兩樣我最喜歡的東西，像是棒棒糖、山渣糕或是彈珠這一類的東西。等我說完，他就叫我睜開眼睛，然後從他的口袋裡掏出我想要的東西。

只要表哥一來我就歡喜的不得了。在我的心目中，表哥無所不能，他是世界上最偉大的魔術師。

表哥通常都是傍晚才到我們家來，可是那一次不知道為什麼他一大早就來了，我一看到他就衝過去。

「表哥，我要棒棒糖！」我抓住他的手，閉上眼。

「不行，這次不行！」

「我要彈珠！」我依舊閉著眼。

「不行，這次真的變不出來！」

我睜開眼，看見表哥一臉無可奈何的表情。

他翻開大衣的口袋，對我說：「沒有棒棒糖，沒有彈珠，什麼都沒有！」

我不肯相信，大聲叫：「你騙我，你是魔術師，你會變，你會變一切東西。」

他搖搖頭，站在那裡，一句話也不說。

「怎麼可能？」我自言自語：「你是世界上最偉大的魔術師啊！」

年歲稍大，我才稍微體會：世界上沒有一個魔術師，能在任何時間滿足一個人所有的要求；孩提時代我的表哥沒有滿足我的願望，現在也沒有任何魔術師可用魔法使我得到一切。真實的生活其實是有苦、有樂、有歡欣的喜悅也有悲傷的淚水。

（原載民國七十九年十一月二十日台灣副刊）

布袋戲

小時候，我們住在風城，每到夏天，光復路鐵道邊廟旁的空地上就搭起了木架子，準備上演布袋戲，木架子對著關老爺廟，說是演給關聖人看的，每逢初一、十五關老爺都不甘寂寞要看一、兩齣戲，熱鬧熱鬧，我們呢，算是沾他老人家的光吧，陪著關老爺看戲，天知道誰更喜歡看戲，是關老爺還是我們！

一放學，吃過飯，我們就搬了個小板凳往戲台前面一放，佔個位子，然後就鑽到木架子底下去抽魷魚，賣魷魚的小販為招攬生意，把一個圓盤放在一根鐵軸上，他轉動圓盤，小孩子就用一個拴著針的鏢往轉盤上扔，轉盤上刻著大、中、小不同的格子，大的代表整隻魷魚，中的代表半隻魷魚，小的代表一隻魷魚爪子；上面寫著大的那個格子很細很難射中，因此十之八九都會射在寫著小的格子上，但因為刺激、好玩，仍然吸引了許多孩童。一旦射中大的，得到整隻魷魚，真夠令人興奮半天的。

不久，鑼聲大作，布袋戲就要上演了。我們睜大了眼注視台上，經常都是演三國演義，在關公廟前演三國，自然關夫子成了主角，表演的人聲音宏亮，有氣吞山河之勢，我們的小屁股在凳子上隨著他的叫聲一頓一頓地動個不停。

嘴裡嚼著魷魚絲，坐在凳子上，看關雲長過關斬將，真是過癮。

平時我們不很佩服學校裡的老師，總認為學校裡的老師除了板著臉教課，就是打我們，我們做錯了就要挨板子，似乎沒有別的本事，可是布袋戲的師傅就不同了，他一個人可以裝好幾個人的聲音，雖然每一個人的聲音都不一樣，他每一句對白都能絲毫不亂，真不簡單。更妙的是，他把手中的布袋人，拋向空中，掉下來又能接個正著。我小時候一直不明白何以木偶不會頭朝下跌下來，偏偏腳朝下跌到演戲人的手裡。

當然有時也會有一些小小的失誤，像是演的人太激動了，動作快了一點，不小心把木偶拋下了台，但不要緊，好心的孩子會立刻衝向前去，以迅雷不及掩耳的動作，接著木偶再拋回台上，一下一上，木偶成了空中飛人，觀眾正看得如癡如醉，誰也不在意這些小細節了。有時，關老爺的關刀還沒有到，文醜的頭就掉了，這不要緊，我們都認為，像關老爺這種威風的樣子，文醜遇見了，腦袋不被砍掉也要被嚇掉，反正腦袋早晚都要掉，早掉一點也不打緊！

以前演布袋戲，不用錄音帶，除了樂器聲音外，其他的聲音都是演戲的人裝出來的，老的、少的、男的、女的，甚至貓、狗、馬、牛的聲音，他都學的幾可亂真。

那時，戲台的設備簡陋，站在台前的觀眾，可以很清楚地看到操作人的動作。演的人打了個赤膊，旁邊泡了一大碗胖大海，利用換場休息的時間，喝上幾口潤潤喉。

演布袋戲的人，通常都會有一個助手，助手把木偶一個個按出場的順序排在架子上，演的人伸手就拿起最近的木偶舞了起來，演完的木偶就順手放在另一邊，助手配合劇情的需要把木偶搬來搬去，有時情節複雜，出場的木偶甚多，不僅演的人像有八隻手一樣不停地替換木偶，助手也跟著忙得團團轉。

助手最重要的工作是布袋戲開演前的道具準備，他像是為外科醫生準備開刀的用具似地，逐一清點需用的木偶，看一看有沒有遺漏的，要不然上演三國演義的時候，演到趙子龍救主那一段，找不到趙子龍，不就砸鍋了嗎？

我最喜歡看「放劍光」，那是演火燒紅蓮寺這齣戲一定會有的場面，每次演到紅姑往牆角一站，接著燈光全熄，除了老年人手上香煙的光以外，一片漆黑，氣氛倒蠻嚇人的，緊接著一聲炮響，台上出現兩枝發光的小劍，在空中飛舞，紅的是紅姑放的，白的是妖道放的。

雖然我們看過好幾次，知道紅姑一定會贏，但演的人為求逼真，不讓紅姑馬上贏，反而讓她看起來像是要輸的樣子，我們看著紅劍被逼到底下，身上每一根筋都緊張起來，異口同聲地叫了起來。心裡想，要糟，演的人弄錯了，紅姑要敗了，這時候演的人才慢慢地讓紅劍逼走白劍，我們才不約而同的鬆了一口氣。

演的人賣力，看的人過癮，戲演到一半，觀眾紛紛致送賞金，木架旁的布簾上，陸陸續續掛了許多紅條子，上面寫著：陳阿土賞五十元、吳老太太賞一百元；我心裡想，我是沒有錢，要是有錢，非賞三百元不可，我敢保証，當布簾上出現我的名字，底下又寫著三百元，我的同學看了，準會驚訝的伸出舌頭收不回去。

現在演布袋戲演到一半，忽然演的人來上一段：某某大俠累了，吃了某某大力丸，就精神百倍，乍聽之下一頭霧水，不知道他在說什麼，原來是為藥廠做廣告，多煞風景，這種戲關老爺看了豈能對胃口！我們孩子們看了，如果沒有人在旁邊點破，就是想了三天三夜，頭髮都想白了，也搞不懂其中的含意，還好，我們那時候沒有這檔子事，純得很，演戲就是演戲，演的人從頭到尾一氣呵成，從不偷工減料，我經常為了看完一齣戲，看到夜裡一、兩點鐘，再踏著月色，抱著小板凳，迷迷糊糊地走回家去。

那時候小學生的功課不像現在那麼緊，回家後也沒有做不完的家庭作業壓迫著，大人們也不逼我們天一黑就上床歲睡覺，夜晚的曠野空氣又是那麼新鮮，看布袋戲真是一大享受！

看戲的人有老有少，當大伙兒全神貫注隨著劇情發展忽憂、忽樂時，老少之間像是完全沒有界線了。布袋戲對不同年紀的人確實有不同層次的感受和体認。我，曾是孩童，曾熱愛布袋戲，如今又是多麼盼望拾回兒時的舊夢，坐在板凳上，口裡嚼著魷魚，蹺著腳看台上叱吒風雲，聽鄰近老人講述戲中種種情節。

（原載民國七十三年元月十日新生副刊）

戲仔

他坐在直飛舊金山的飛機上，眼前發生的事，都像是個夢，他捏了捏自己乾燥的臉頰，這些年來被化妝粉浸蝕的皮膚顯得特別粗糙，他深深地嘆了一口氣。

「不舒服嗎？」鄰座的旅客關心地問。

「沒什麼，不太習慣。」

他閉起眼睛，浮現在他面前的是剛才在機場和親人道別的那一幕。

他的阿姨、姑媽和叔叔們圍在他的四周，不住地叮嚀：要小心穿衣服！吃東西要注意！到了美國要寫信回來。

他的母親早在他記事以前就不在了，父親告訴他，母親早已去世，但他的阿姨、姑媽卻偷偷地告訴他，母親是跟別人跑了；那年他父親從一個七尺多高的戲台上摔下來，一病不起；從那時候起，他就在戲班子裡這些長輩的照顧下生活。

他父親去世的那一年他才十歲。正在上小學四年級。他生長在一個歌仔戲的家庭，那時戲班的生意很好，經常為了演戲，戲班子東奔西跑，平時上學的時候，他沒有辦法跟著戲班子到處表演，只能獨自在豬圈旁的一間小木屋裡溫習功課。每逢假日他就在阿姨、姑媽的指導下學戲，她們說：多學一點東西一定用得着！倘若遇到假日戲班子到外地去表演，他就跟著戲班子，坐著老舊的卡車，像吉普賽人一樣前往一些陌生的地方，有時是一棵大樹前，有時是一個廣場，有時是一個古老的廟宇，為了趕路，他們經常在路邊生火煮飯，記憶中最常吃的是地瓜稀飯。有時路途遠要開好幾個鐘頭的車子，他就窩在車子裡的木箱上寫功課，畢竟他還是一個學生！

在戲台上他起初擔任龍套的角色，正戲要上演之前，他照例要拿著大旗在戲台上繞一圈，光是這一個小小的動作，他就足足地練了一個多禮拜，開始的時候，不是旗子扭成一團，就是腳步走得太快，後面的人跟不上，要不就是走得太慢，讓後面跟的人踩到腳。

做了一陣子龍套，他們認為他還可以學一點別的東西。

「瞧他細皮嫩肉的，我們不如把他打扮成丫鬟吧！」

他們把他打扮成丫鬟，臉上搽了粉，上到台上，除了有點怯場外，扮像倒蠻吸引人的。

每到寒、暑假他除了要預備學校的作業外，還要學些戲班子裡經常演的戲，像是西遊記、封神榜、三國演義……，雖然他多半是演一些在戲台上頗不起眼的角色，但該在什麼時候出場，出場之後要站在什麼地方，這些還是要學的。

「孩子你比我們幸福，還有機會唸書，多學一點吧。」阿姨們不斷鼓勵他。

學戲是要下功夫的，從扮演丫鬟開始，他就學化妝，學怎樣搽口紅，怎樣描眉毛，怎樣搽腮紅，……樣樣都要學。

戲班子裡人少，有時他也要客串一下別的角色。

第一次客串演一個奴才，他惟一要說的話就是：是！當他雙膝跪在台上說完一個是字，就大功告成！

阿姨曾對他說：「演戲不難，人生怎樣，戲就怎麼演，你只要想想，如果你是戲裡的那個人，你怎麼樣，照你想的演出來就行了。」

儘管如此，他的戲台生涯離不了丫鬟、書僮；其他的角色很少演。

他大部份的時間是在後台看要上台的人化妝，他實在搞不懂，何以一個滿嘴黃板牙，滿口檳榔、粗話的大男人，經過化妝之後，搖身一變成為細聲細語戲台上的美嬌娘！

他也納悶，那些平時臉如黃腊，無精打彩的中年婦人，經過化妝之後，搖身一變成為一個二十出頭的少女，舉手投足之間一付少女的嬌羞。

國中畢業，戲班遷到鄉下，生意一天不如一天，戲班子也沒有多餘的錢供他繼續升學。

在他國中畢業的紀念冊裡，他的一位同學寫著：「同窗三年，你非常安靜，你和別人不同。」

是的，他真的和別人不一樣。

他睜開眼，看見空中小姐正在問他午餐吃些什麼？

「先生，你要什麼？」

「牛肉還是豬肉？」

「飯！」

「豬肉！」他從小就被教導，牛太辛苦，不要吃牛肉。

午餐比平時他在家裡吃的好多了。

「你吃飯好快！」鄰座的人說。

他笑了笑算是答覆。

吃飯快是練出來的，為了演戲，經常站在後台三、五口把一個便當吃完，等著上台演戲。

他忽然想到：美國是一個講效率的國家，他們吃飯會不會像我這麼快！

歌仔戲的生意每下愈況，有一段時間，戲班子沒有戲演，他被送到布袋戲班子裡去打工。

他的工作是幫著演布袋戲的師傅遞布偶，他站在布袋戲師傅的旁邊，先把師傅演戲要用的布偶依序一個個送到師傅手上，像是關公、張飛、劉備、趙子龍、孔明……，一點也不能錯，動作要既快又準，有時師傅不小心把台上正在演的布偶摔到台下，這時他要飛快跑到台下把布偶撿回來遞給師傅，好讓師傅繼續演下去。

生活總是艱苦的。

歌仔戲也好，布袋戲也好，生意都大不如前。

國中畢業後一晃就是十年了，這期間他演歌仔戲，在布袋戲班子裡打雜，他也在汽車修理廠當過學徒，最後去當了兩年的兵。

就在他當兵退伍回到戲班不久，他接到一封舊金山來的信，來信的人說他受一位婦人所託給他存了一筆為數不少的錢，並且指明要他到舊金山來發展。

戲班子裡的人都說，信上說那個婦人一定是他的母親，要不然天底下那有那樣的好人！

舊金山！他從來沒有想過有一天他要到那個地方去。

「孩子，歌仔戲的生意大不如前了；男兒志在四方，你就去吧！」戲班子裡的人這麼說。

就這樣，他搭上飛往舊金山的飛機。

他心裡想：父親死了，母親也不知道身在何方？現在戲班子裡的親人也遠離了。

「看！太陽出來了！」機艙裡有人大叫。

原來飛機此刻正穿過日、夜交替的時刻，從機艙窗戶口看見萬道光芒從外面射入。

「願我的前途，如旭日東昇。」他低下頭默默地說。

（原載民國八十一年二月十三日台灣副刊）

重逢話當年

遇到小倩，是我做夢也沒有想到的，但畢竟發生了。

就是今天下午，在那棵大榕樹下。

「嗨！李明明。」

她在叫我，連腔調都沒有變。

「好久不見了，還常常寫文章？」她接著問我。

「好長一段日子不寫了。」

「為什麼？」

「生活刻板得多，心也麻木了。」

「你還記得以前？」

我記得—那時我剛上高中，像大鵬展翅，志小天下，天天逛街、鬧事。

我用最真摯的情感逼出一封字數最少的信。小倩是個乖學生，用功又文靜，我和其他好玩的同學成天不學好，別的女同學，一見我們就扭過頭，而她卻善意的瞪著我……。她，就是使我的心靈跳躍出人生第一個奇妙音符的人，那天我買了天藍色的信紙，整整寫了一夜，完成了一封世界上最短的信。信上寫著：

「妳能告訴我，人為什麼要讀書！」

「哈！妳到現在還記得。」

「怎麼不記得，你現在還問不問這個問題？」

「不問了，妳結婚多久了？」

「快十年了。」

「幾個孩子？」

「兩個，這是小的，大的唸小學。」一個活潑的小孩跑到我前面，小倩對他說：「叫叔叔。」我拍拍孩子的頭。

我望著身邊的大榕樹，從前我們一同坐在榕樹下，讀書，談幻想，而現在她已經是兩個孩子的母親，多快啊！我縐了縐眉。

「你在想什麼？」她問我。

「想以前的日子……。」

「都過去了，想它幹嘛？聽說有一段時間你很消極，是不是？」

「嗯，受了點挫折，當時很苦惱，不過現在都過去了。」

「你還沒有結婚？」

「沒有。」我無可奈何地聳聳肩。

她笑著說：「還是以前那副不在乎的樣子！再這樣恐怕要討不到老婆了。」

「說不定！」

話一輕鬆，氣氛也輕鬆多了。

「倩，妳還記得從前你勸我要好好唸書，考試前還幫我畫重點。」

「哼！那時候你真懶，連重點都不想記，只挑容易的；想不到後來我反而放下書本，你卻上了大學。」

「真想不到，我原本是喜歡文學的，後來卻學商。」我接著轉移話題，問她：「妳今天怎麼會到這裡來？」

「孩子牙痛，我認識這裡一位牙醫，還不錯，我小時候牙痛都是他看的，就把孩子帶來給他看看。」

「妳高中畢業後做了些什麼？」

「我本來想考大學，父親說：女孩子上不上大學沒有多大關係，他主張我學會計，學了一年，實在沒有興趣……，後來認識了林，你們見過嗎？」

「見過，瘦瘦高高的，去年他來過這裡。」

「有一個親戚就住在對面的大廈裡，他有時候會來找他。我認識他的時候他剛大學畢業和我在同一家公司上班，他覺得每天的工作很乏味，正好我也覺得幹不下去，兩個人常在一起。……」

「後來嘛！情投意合，就結婚了，對不對？」我接著替她說。

「本來我們以為幹不下去了，想不到結婚後就呆了下去，一呆就快十年了，……對了，你也該談談，你後來怎麼發奮用功的！」

「其實也沒什麼，比平時少玩一點，運氣比別人好一點。」

「為什麼要學商？」

「本來唸的是中文系，後來怕背書就轉了系。」

「你還常和猴子他們在一起嗎？」

猴子是我們高中時的同學，平時也貪玩。

「其實猴子並不壞，像我一樣，當年喜歡胡鬧，現在做生意去了，老伯最好，現在當了工程師……，秀才最可憐，起先考上了一個不錯的大學，快畢業那一年得了精神病……，唉，人生真是不可思議。」我把我所知道的同學近況告訴她。

「你變了。」她看了我一眼說。

「變了，是不是變的老成了？」我問她。

「可以這麼說，現在怎麼不寫一寫文章？」她瞪著大眼，帶著微笑。

「現實生活不像我們從前在學校時候那樣，那時坐在樹下鬥嘴，在田野裡亂跑，動不動風啊、月啊的胡扯，現在看一看從前登出的那些東西真會臉紅，真稀奇那時候那來的那麼大勁。」

「人不能相差十年，十年間，什麼都會變；你沒有理由擱筆的。」她停了一下，忽然問我：「唔！現在幾點鐘？」

「三點半。」

「哦，我該走了，明天老大一早就要上學，他的制服還沒有燙呢？你不知道，伺候一個小學生上學可真不簡單。」

接著又聊了幾句別的，她臨走時殷殷地說：「說真的，不管你現在做什麼，趕快結婚，有空該再寫寫文章，到現在我還存有你文章的剪報！何不打起精神，再試試！」

倩走了，我那一股少年時的雄心豪氣又來了。
是的，我何不再試試！

（原載民國六十二年三月二十七日民族晚報）

恩人

或許是太累了，就在我下車的那一站前面的巷子裡，我發現一對年輕的男女正扶著一個老太婆盯著我看，一直到我往回走的時候，我還感覺他們在盯著我。

第二天晚上同樣的時間，我在下車的地方，往前望去，那一對年輕的男女依舊站在前面的巷子裡，只是那位老太婆不見了。

回到家裡，我想不出為什麼會有人盯著我，看他們的眼神又不像是壞人。

「太太，有人跟蹤我！」吃晚飯的時候我對太太說。

「跟蹤你？你以為你是誰？」太太當然不信，也難怪她不信，像我這樣上下班的小市民，會有什麼引人注意的，話雖如此，我還是忍不住想起那一對年輕男女。

吃過晚，正準備看電視，門鈴響了。

「是他們？」從門邊對講機旁的小螢幕上，我發現按鈴的竟然是這兩天一直跟蹤我的那一對年輕人。

「先生，我們很冒昧的想跟你談一談好嗎？」

我把來人接待到客廳裡，好奇地想知道這一對年輕人對我這麼有興趣，自然我也要求妻坐在旁邊，好證實我所說有人跟蹤我的事絕非想像。

這一對年輕人說話很急，有時男的說，說到一半，女的在旁邊加以補充，有時女的覺得男的說的不清楚就重複再說一遍，因為他們說的是廣東國語，我有時聽不清楚，就在旁邊追問他們，後來我總算從他們的談話中理出一個頭緒：原來這一對年輕人是兄妹，前天我見到的那位老太婆是他們的母親，他們是前年從香港搬到台灣來，他們的母親已經八十五歲了，去年得了老年痴呆症，據他們說，他們的母親有一天在市場裡看見了我，誤認我是以前他們從廣州坐船到香港時在船上曾幫過她忙的一個恩人，所以他們兄妹陪著母親費了很大功夫才查出我下班坐那一班公車，家住在那裡。

「這是不可能的啊！民國三十八年你們到香港的時候我才六歲，我不可能是幫助過令堂的人。」

「我們知道，但是您或許與我們的恩人長得太像了，我們的母親認為你就是她的恩人。」

「令堂不是生病了嗎？她怎麼會記得那麼清楚？」

「母親雖然得了老年痴呆症，但有時候卻非常清醒，她述說在船上的時候，您怎麼安慰她，那時我們的父親在逃難時和我們走散了之後，她是那麼無依，您在船上鼓勵她。……」

說到最後，他們兄妹要求我能到他們家陪陪他們的母親，因為老人家很希望能見我的面，當面好好謝謝我，我一再地說，我絕不是她的恩人，況且我不忍心去騙一位老人，我不願意做假；他們說為了他們可憐的母親，希望我能委屈一下，我執意不肯，最後在這一對兄妹一再懇求下，我答應考慮一下，再給他們答覆，他們才留下電話和地址走了。

「我還是不願意欺騙那位老人。」我對妻說。

「那你剛才為什麼不明說，為什麼說要考慮？」妻接著又說我沒有感情，老人家晚年一點心願我也不願意為她達成，她又說，我最自私、無情；好像如果我不答應這對兄妹的要求，我就是一個十惡不赦的大罪人。

上了一天班，我已經累得疲倦不堪，再經那一對兄妹一鬧，末了又被妻數落了一頓，我真是筋疲力盡，只有一個願望：我現在只想睡覺，只要讓我睡覺叫我做什麼都可以。

自然，我答應了那一對兄妹的要求。

第二天下班，我沒有直接回家，買了一盒水果先去拜訪那位老婦人。

她住在一棟五層高公寓的二樓，樓梯的燈光很暗。

老人坐在客廳的椅子裡。

老人一切的談話就像那一對兄妹告訴我的一樣，老人真把我當成了她的恩人。有好幾回我幾乎衝出口對老人說，我不是你的恩人，我絕不是你的恩人，想想看妳已經八十五歲了，而我還不到五十歲！站在老人身後那一對年輕人帶著哀求的眼神示意我不要說出來。

我心裡懊惱極了，只得拼命的喝擺在我面前的茶。

「你還是和以前一樣喜歡喝茶。」老人一點也不像痴呆的樣子「再沖一點熱茶。」老人叫他的孩子們沖茶，又一再勸我趁熱喝。

我告辭的時候，老人顯得很高興，那一對兄妹也滿心感謝地送我下樓。

然而，我的內心卻因欺騙了老人而深深感到不安；這件事除了我感到不安外，其餘的人都很開心，就連妻聽我述說我這個從來不喝茶的人，竟然在老人的勸說下喝了一壺茶，她笑得很開心地說：「你可真能喝啊！」

自從與老人見過一次面之後，老人有時候也會打電話到家裡來，有時我下班後也會到老人那裡坐坐，慢慢地我也學會了如何調適，當老人把我當做她的恩人和我談到當年在船上的往事時，我靜靜地聽她說下去，我開始覺得，讓老人沉醉在對往事的懷念以及對恩人報恩的情懷並不是一件壞事，何況我壓根兒也不想冒充她那個恩人，我既不偉大，又沒有那麼大的愛心，聽聽老人家述說往事的耐心我還是有的。

就這樣斷斷續續地和老人相處了有一年多，最後我因為工作的關係搬到南部去住。到了南部，起初還和老人通通信，後來漸漸地就失去連絡。我到南部兩年後，收到那一對兄妹寄來一個茶壺及一封信，信上寫著：

恩人：請允許我們這樣稱呼您，雖然您不是我們母親的恩人，但確實是我們兄妹的恩人，您幫助我們安慰了我們的母親，雖然您當年並沒有在船上照顧過她，但我們素昧平生，在我們母親晚年的時候，您這樣安慰她，我們衷心感激。

母親病危時，我們想和您連絡，但母親說您很忙，不要我們打擾您。

母親臨死前，叮嚀我們要把這個茶壺送給您，她說這是她一生所有最珍貴的東西了，她說您一定會喜歡。

我們兄妹已回到香港，有一天我們會到台灣，或許我們還會見面。

看完了信，再看看那古老的茶壺，我彷彿又看見那慈愛的老婦人在我面前向我細述當年在船上的種種往事。

（原載民國八十一年十二月三十一日台灣副刊）

國家圖書館出版品預行編目

母親屋裡的那盞燈／記省著. -- 一版.
臺北市 ： 秀威資訊科技, 2004[民 93]
面； 公分. -- 參考書目：面
ISBN 978-986-7614-59-9（平裝）

855 93018522

語言文學類 PG0025

母親屋裡的那盞燈

作　　者 / 記省
發 行 人 / 宋政坤
執行編輯 / 李坤城
圖文排版 / 張慧雯
封面設計 / 羅季芬
數位轉譯 / 徐真玉　沈裕閔
圖書銷售 / 林怡君
網路服務 / 徐國晉
出版印製 / 秀威資訊科技股份有限公司
台北市內湖區瑞光路 583 巷 25 號 1 樓
電話：02-2657-9211　傳真：02-2657-9106
E-mail：service@showwe.com.tw
經 銷 商 / 紅螞蟻圖書有限公司
台北市內湖區舊宗路二段 121 巷 28、32 號 4 樓
電話：02-2795-3656　傳真：02-2795-4100
http://www.e-redant.com

2006 年 7 月 BOD 再刷
定價：320 元

讀　者　回　函　卡

感謝您購買本書，為提升服務品質，煩請填寫以下問卷，收到您的寶貴意見後，我們會仔細收藏記錄並回贈紀念品，謝謝！

1.您購買的書名：______________________

2.您從何得知本書的消息？

☐網路書店　☐部落格　☐資料庫搜尋　☐書訊　☐電子報　☐書店

☐平面媒體　☐ 朋友推薦　☐網站推薦　☐其他__________

3.您對本書的評價：(請填代號　1.非常滿意 2.滿意 3.尚可 4.再改進)

封面設計____　版面編排____　內容____　文/譯筆____　價格____

4.讀完書後您覺得：

☐很有收獲　☐有收獲　☐收獲不多　☐沒收獲

5.您會推薦本書給朋友嗎？

☐會　☐不會，為什麼？______________________________

6.其他寶貴的意見：______________________________

____

____

____

讀者基本資料

姓名：________________　年齡：______　性別：☐女　☐男

聯絡電話：______________　E-mail：________________

地址：____

學歷：☐高中(含)以下　☐高中　☐專科學校　☐大學

☐研究所(含)以上　☐其他______________

職業：☐製造業　☐金融業　☐資訊業　☐軍警　☐傳播業　☐自由業

☐服務業　☐公務員　☐教職　☐學生　☐其他__________

請貼
郵票

To：114

台北市內湖區瑞光路 583 巷 25 號 1 樓

秀威資訊科技股份有限公司　收

寄件人姓名：

寄件人地址：□□□

(請沿線對摺寄回,謝謝!)

秀威與 BOD

BOD（Books On Demand）是數位出版的大趨勢，秀威資訊率先運用 POD 數位印刷設備來生產書籍，並提供作者全程數位出版服務，致使書籍產銷零庫存，知識傳承不絕版，目前已開闢以下書系：

一、BOD 學術著作—專業論述的閱讀延伸
二、BOD 個人著作—分享生命的心路歷程
三、BOD 旅遊著作—個人深度旅遊文學創作
四、BOD 大陸學者—大陸專業學者學術出版
五、POD 獨家經銷—數位產製的代發行書籍

BOD 秀威網路書店：www.showwe.com.tw
政府出版品網路書店：www.*gov*books.com.tw

永不絕版的故事・自己寫・永不休止的音符・自己唱